Historia Universal de la Literatura

AVENTURAS DE ARTHUR GORDON PYM

EDGAR A. POE

AVENTURAS DE ARTHUR GORDON PYM

EDICIONES ORBIS, S.A. – EDITORIAL ORIGEN, S.A.

Título original: ADVENTURES OF ARTHUR GORDON PYM
Traducción de José M. Vázquez

Traducción cedida por
Editorial Bruguera, S.A.

ISBN: 84-7530-030-8
D.L.B. 18142-1982

Impreso y encuadernado por
Printer industria gráfica, s.a. Provenza, 388 Barcelona-25
Sant Vicenç dels Horts

Printed in Spain

1. PRECOCIDADES

Me llamo Arthur Gordon Pym. Fue mi padre un respetable comerciante proveedor de la marina en Nantucket, donde nací. Mi abuelo materno era procurador con una numerosa clientela. Tenía suerte en todo y negoció con muy buen éxito sobre los fondos del Edgarton New Bank, en la época de su creación, consiguiendo por este y otros medios hacerse con una fortuna más que mediana. Creo que me amaba más que a nadie en el mundo, razón por la cual me prometía a mí mismo una gran parte de sus bienes después de su muerte. A la edad de seis años me mandó al colegio de Mr. Ricketts, anciano que sólo tenía un brazo, hombre de costumbres algo excéntricas, conocido de casi todas las personas que han visitado New-Bedford. En su escuela pasé diez años, dejándola para trasladarme a la academia que en la montaña tenía establecida Mr. E. Ronald, donde contraje íntimas relaciones con el hijo de Mr. Barnard, capitán de fragata que viajaba comúnmente por cuenta de la casa Lloyd y Uredenburg, marino también muy conocido en New-Bedford y en Edgarton donde estoy seguro de que tiene algunos parientes. Su hijo se llamaba Augustus, me llevaba unos dos años de edad, había hecho un viaje con su padre a bordo del ballenero *John Donalson* y me hablaba sin cesar de sus aventuras en el Pacífico meridional. Con él visitaba con frecuencia a su familia y a veces pasaba toda la noche en su casa. Cuando esto último acontecía, nos acostábamos en la misma cama, y era ya cosa indudable que había de tenerme despierto hasta el alba, refiriéndome una multitud de anécdotas relativas a los naturales de la isla de Tinlán o a otros lugares que había visitado durante sus viajes, de suerte que acabé por sentir un interés particular hacia todo lo que me contaba, concibiendo poco a poco el deseo más intenso de embarcarme. Tenía yo entonces un bote de vela llamado *Ariel* que bien valdría unos setenta y cinco dólares; no recuerdo su cabida, pero podía contener muy cómodamente diez personas, y con esta canoa solíamos hacer locuras tales, que hoy al pensar en ellas tengo por milagro contarme entre los vivos.

Referiré una de esas aventuras como introducción a otras más largas y más importantes que me he propuesto narrar. Una noche era numerosa la tertulia de Mr. Barnard, y al terminar la velada, Augustus y yo estábamos un si es no es borrachos. Según mi costumbre en semejantes casos, en vez de regresar a mi casa, preferí acostarme con mi amigo. Durmióse éste con la mayor tranquilidad, yo a lo menos así lo creí (sería cerca de la una cuando la tertulia se dispersó) y sin decir palabra acerca de su tema favorito. No hacía media hora que nos hallábamos en la cama e iba yo durmiéndome, cuando despertó de pronto y profiriendo un terrible juramento protestó de que no había de dormir ni aun por todos los Arthurs Pym de la cristiandad cuando estaba soplando una brisa tan hermosa del sur. Hasta entonces no había habido cosa que me sorprendiera tanto; no sabía adivinar el pensamiento de Augustus y creí que los vinos y licores le tenían trastornado el juicio. Echóse a hablar, sin embargo, muy tranquilamente, diciendo que no le creyese bebido, puesto que en toda su vida había estado más sereno, añadiendo que le aburría tan sólo el permanecer en cama como un perro durante una noche tan bella, y que estaba resuelto a levantarse, vestirse y dar un paseo en el bote.

No puedo explicar lo que entonces sentí; sólo diré que al oír estas palabras recorrió mi cuerpo el estremecimiento de la excitación, el ardor más profundo por el placer; su loco pensamiento me pareció la cosa más deliciosa y razonable que puede darse. La brisa que soplaba era casi una tormenta y el tiempo muy frío, como que era muy entrado ya el mes de octubre. Salté de la cama, y en una especie de demencia le dije que era tan valiente como él, que como a él me fastidiaba estar acostado como un perro, y que me sentía dispuesto, y tan dispuesto como todos los Augustus Barnard de Nantucket, a emprender todas las partidas de recreo del mundo.

Nos vestimos a toda prisa, y nos precipitamos hacia el bote, amarrado en el antiguo muelle arruinado junto al astillero de Pankey & Co., Augustus entró en él y empezo a vaciarlo porque estaba medio lleno de agua. Hecho esto izamos el foque y la mayor que se hinchó plenamente y nos lanzamos con audacia al mar.

Como ya he dicho, soplaba el viento del sur con violencia, la noche era serena y fría, Augustus se había apoderado del timón y yo me instalé en el puente junto al mástil. Surcábamos las olas recta y velozmente, y ni una palabra habíamos proferido desde que desamarramos la canoa del muelle. Pregunté entonces a mi compañero qué rumbo pensaba seguir y cuándo pretendía que volviésemos a tierra. Estuvo silbando algunos minutos y luego dijo con acento altivo:

—«Yo» estoy navegando, en cuanto a «vos» podéis volveros a casa si lo creéis conveniente.

Mirándole entonces con atención, me di cuenta fácilmente de que a pesar de su serenidad aparente estaba poseído de una viva agitación.

A favor de la luz de la luna podía verle perfectamente. Su rostro estaba más pálido que el mármol y le temblaba la mano hasta el punto de no poder retener el timón. Comprendí que había sucedido algo grave y me llené de inquietud.

A la sazón conocía yo poco la maniobra y me hallaba completamente a merced de la ciencia náutica de mi amigo.

El viento había arreciado de pronto y nos había lanzado vigorosamente lejos de la costa; avergonzábame empero de dejar entrever el más leve temor y por espacio de cerca de una hora guardé resueltamente silencio. No pude soportar ya más tiempo esta situación y hablé a Augustus de la necesidad de que regresáramos a tierra. Como lo había hecho antes, dejó de responder por espacio de un minuto y sin curarse de mi aviso.

—En seguida —dijo al fin—, tenemos tiempo..., vamos... a casa... inmediatamente.

Ya me esperaba yo una respuesta de esta clase; pero había en el acento de aquellas palabras un no sé qué que me produjo un temor inexplicable. Le observé de nuevo con atención; tenía los labios completamente lívidos y sus rodillas chocaban una contra otra con tanta fuerza, que apenas podía tenerse en pie.

—¡Por amor de Dios, Augustus! —exclamé en el colmo del horror—, ¿qué tenéis?, ¿qué sucede?, ¿qué decidís?

—¿Qué sucede? —balbuceó Augustus con marcadas muestras de sorpresa, soltando al mismo tiempo el timón y dejándose caer de boca en el fondo del bote—. ¿Qué sucede? Nada..., nada absolutamente... Vamos a casa... ¡Pardiez!... ¿No lo veis?

Entonces reconocí toda la verdad: me dirigí a él y le levanté; estaba ebrio, ebrio a más no poder; no podía tenerse en pie, no hablaba ni veía, y sus ojos estaban completamente vidriosos.

En el exceso de mi desesperación le solté y cayó como un tronco en el agua del fondo de la canoa de donde antes le había levantado. Era evidente que durante la velada había bebido mucho más de lo que yo imaginaba y que su modo de obrar mientras permaneció en la cama era resultado de una de esas borracheras reconcentradas que, como la locura, dan a la víctima la facultad de imitar a las personas que están en el pleno ejercicio de sus sentidos. La frialdad de la noche no tardó en producir su efecto acostumbrado; a su influencia había cedido la energía del espíritu y la idea confusa que indudablemente había concebido de nuestra peligrosa situación sirvió sólo para precipitar la catástrofe. Tendido en el agua, se hallaba de todo punto inerte y no había probabilidad alguna de que a las pocas horas pudiera recobrarse.

No es fácil figurarse cuán grande era mi horror. Desvanecidos los vapores del vino, me sentía doblemente tímido e indeciso; sabía que era absolutamente incapaz de dirigir la maniobra y que una ráfaga de viento con un fuerte reflujo de las olas nos llevaría a la muerte.

Visiblemente se condensaba una tempestad detrás de nosotros; no llevábamos brújula ni provisiones, y nada más cierto que siguiendo el mismo rumbo que hasta entonces, antes del alba habíamos de perder de vista la costa. Estos pensamientos y otros infinitos no menos terribles cruzaron por mi mente con rapidez alucinadora y tuviéronme por algunos instantes paralizado hasta el punto de impedirme el menor esfuerzo.

El bote avanzaba viento en popa, cortaba el agua con terrible velocidad, sin un rizo en el foque ni en la vela mayor, y sumergida la proa en la espuma. Sólo por milagro podía dejar de zozobrar, pues, como ya he dicho, Augustus había abandonado el timón, y en cuanto a mí me hallaba muy agitado para pensar en apoderarme de él. Afortunadamente el bote pudo resistir la fuerza del viento y poco a poco fui recobrando algo de mi serenidad. El viento arreciaba cada vez con más furia, y cuando después de hundida la proa en el mar, se levantaba, las olas se desplomaban estrellándose contra la popa y llenándonos de agua. Además, mis miembros estaban tan helados, que casi no tenía conciencia de mis sensaciones. Acudí por último a la resolución de la desesperación y precipitándome sobre la vela mayor la alargué toda. Como podía esperarlo se extendió sobre la proa, y sumergida en el agua se llevó consigo el mástil, incidente que me salvó de una muerte segura.

Con sólo el foque podía defenderme del viento, entrándome de vez en cuando el mar por la popa, empero sin temer una muerte inmediata. Cogí el timón y respiré con más libertad, observando que aún nos quedaba la última esperanza de salvación.

Augustus continuaba sin sentido en el fondo de la canoa, y a fin de evitar que se ahogara, pues había casi un pie de agua en el sitio en que había caído, procuré levantarle un poco para mantenerle como sentado y le pasé una cuerda por la cintura, dejándole atado a una argolla del puente. Habiendo arreglado así las cosas, esto es, del mejor modo posible, aterido y agitado como estaba, encomendéme a Dios y me resolví a soportar los sucesos con todo el valor de que me sentía capaz.

Apenas había tomado esta resolución cuando sonó de pronto un agudo y prolongado grito, un aullido como salido del pecho de una legión de demonios, que parecía atravesar el espacio y pasar por encima de nuestro bote. Nunca se me olvidará la intensa agonía de terror que experimenté en aquel momento. Se me erizaron los cabellos, helóseme la sangre en las venas, mi corazón dejó de latir, y sin valor para levantar los ojos y ver la causa de mi terror, caí de cabeza como un peso inerte sobre el cuerpo de mi compañero.

Al volver en mí, me encontré en la cámara de un gran buque ballenero llamado el *Penguin*, que se dirigía a Nantucket. Rodeábanme varios hombres inclinados sobre mí, y Augustus, más pálido que un muerto, no perdonaba esfuerzo por friccionarme las manos. Cuando me vio abrir los ojos, sus exclamaciones de gratitud y alegría produjeron alternativamente risa y lágrimas en los hombres de ruda fisonomía que nos rodeaban. Pero después me explicaron el misterio de nuestro salvamento.

El ballenero, que gobernaba muy cerca de nosotros con rumbo a Nantucket a todo el trapo que el tiempo le permitía, nos había avistado y por consiguiente corrió sobre nosotros en ángulo recto. Algunos hombres estaban de vigía en la proa, pero cuando vieron el bote, era imposible evitar el encuentro: los gritos de alarma de aquellos hombres fueron los que me habían horrorizado. Según añadieron, el gran buque había pasado sobre nosotros con la facilidad con que se habría deslizado nuestro bote sobre una pluma, y sin producir la menor alteración en su marcha. Ni un grito se exhaló del puente del batel náufrago; tan sólo se oyó un ligero ruido como de un rechinamiento que se confundió con el rugido del viento y del agua, cuando la frágil barquilla ya sumergida sintió el peso de su verdugo.

El capitán del buque, E. T. V. Block, de New London, creyendo que el bote, desarbolado como estaba, era una cosa perdida o de desecho, disponíase a seguir el viaje sin dar importancia a la aventura; pero, por fortuna, dos de los hombres que estaban de vigía juraron haber visto a alguien junto al timón y dijeron que todavía era posible salvarle. Promovióse discusión sobre ello; el capitán encolerizado dijo que su oficio no era vigilar incesantemente cascarones de huevo; que el buque no viraría de bordo por semejante simpleza, y que si alguno se había caído al mar, suya era la culpa, que no lo atribuyese a nadie más que a sí mismo; que se ahogase en buena hora y que cargara con él el diablo. Sobre poco más o menos así emitió su pensamiento. Justamente indignado, Henderson, el piloto, así como el resto de la tripulación, por aquellas palabras que revelaban toda su crueldad, replicó lisa y llanamente al capitán viéndose sostenido por los marineros que era digno de la horca, y que por su parte desobedecería sus órdenes aun cuando por ello le hubiesen de matar al llegar a tierra. Esto diciendo corrió a popa atropellando a Block, que se puso pálido y no profirió una palabra, y apoderándose del timón, gritó con voz firme:

—¡Todo el timón a sotavento!

Los tripulantes corrieron a sus puestos y el buque viró en redondo.

Todo esto pasó en unos cinco minutos, y parecía casi imposible salvar al individuo que creían haber visto a bordo de la canoa. Sin embargo, ya sabe el lector que Augustus y yo habíamos sido extraídos del agua, y nuestra salvación parecía resultado de uno de esos maravillosos beneficios que las gentes piadosas atribuyen a intervención especial de la Providencia.

Mientras el buque se mantenía al pairo, mandó el piloto echar el bote al agua y saltó en él, creo que con los dos hombres que pretendían haberme visto junto al timón. La luna seguía brillando, y acababan de dejar el buque, cuando éste sufrió un fuerte vaivén del lado del viento y Henderson levantándose en el mismo momento sobre el banco gritó a sus hombres que bogaran retrocediendo. No decía otra cosa, gritando con impaciencia.

—¡Atrás! ¡Atrás!

Ya bogaban aquéllos tan vivamente como podían; pero entretanto el buque había virado de nuevo por más que los de la tripulación se esforzasen por amainar. A pesar del peligro de semejante tentativa, el piloto se agarró de los obenques tan pronto como los tuvo al alcance de su mano. Una nueva ráfaga echó entonces la banda de estribor fuera del agua casi hasta la quilla y por fin se hizo visible la causa de su ansiedad. El cuerpo de un hombre aparecía adherido del modo más singular al casco liso y brillante, forrado y claveteado en cobre del ballenero y chocaba violentamente contra éste. Después de algunos esfuerzos ineficaces, renovados a cada movimiento del buque, con riesgo de hacer trozos la canoa, me sacaron de mi peligrosa situación y me izaron a bordo, pues aquel cuerpo era el mío. Parece que uno de los clavos del casco se había abierto paso al través del cobre y me había detenido sujetándome al fondo de la manera más singular. La cabeza del clavo había atravesado el cuello de mi chupa de paño grueso así como mi cogote, hundiéndose entre dos tendones hasta debajo de la oreja derecha. Inmediatamente me colocaron en una cama; todos me dieron por muerto. A bordo no había médico, empero el capitán me trató con toda clase de consideraciones, sin duda para desvanecer el mal efecto producido por su atroz conducta en la primera parte de esta aventura.

Aun cuando el viento se iba convirtiendo entonces en huracán, Henderson se había alejado nuevamente del buque. Al cabo de algunos minutos, tropezó con los restos de nuestro bote, y poco después uno de los hombres que le acompañaban le afirmó que de vez en cuando oía un grito entre el rugido de la tempestad. Esto decidió a los valientes marineros a perseverar en sus pesquisas por espacio de más de media hora, a pesar de las repetidas señales del capitán Block que los llamaba a bordo y de que cada minuto en aquella frágil embarcación era un peligro mortal e inminente para ellos.

Difícilmente se concibe cómo pudo no ser destruido en un momento aquel botecillo; pero después advertí que, construido para el servicio de la pesca de la ballena, estaba provisto de cavidades, lo mismo que algunos botes de salvamento de las costas del país de Gales.

Después de haber buscado en vano durante media hora, según llevo dicho, decidieron volver a bordo; pero apenas habían tomado esta determinación, se dejó oír un débil gemido escapado de un objeto negro que pasaba rápidamente cerca de ellos, y se echaron a perseguir aquel objeto pudiendo alcanzarle. Era el puente del *Ariel*.

Augustus se agitaba sujeto a él como agonizando, y al alcanzarle, observaron que estaba amarrado por medio de una cuerda a la tabla flotante. El lector recordará sin duda que esta cuerda era la que yo había pasado alrededor de la cintura de mi compañero atándola a una argolla con objeto de que no se ahogara, medio por el cual, al parecer, le había salvado la vida.

La construcción del *Ariel* era muy ligera y su casco se había hecho pedazos al zozobrar; naturalmente la fuerza del agua entrando en él se había llevado el puente, el cual empezó a flotar con otros fragmentos de la canoa, de modo que Augustus, sujeto a aquél, flotó también escapando de una muerte terrible.

Hasta una hora después de hallarse a bordo del *Penguin* no dio señales de vida ni comprendió la naturaleza del accidente sobrevenido a la canoa. Al fin recobró su memoria y habló extensamente de las sensaciones que había experimentado estando en el agua. Apenas adquirió el conocimiento de sí mismo, se sintió debajo del nivel del mar, volteando con increíble rapidez y con la cuerda que daba dos o tres vueltas alrededor de su cuello. Un instante después sintió que se levantaba rápidamente a la superficie y chocando su cabeza contra un objeto duro había vuelto a caer en insensibilidad. Recobrándose de nuevo, halló su razón más despejada, pero confusa y oscurecida todavía. Comprendió entonces que nos había sucedido algo y que estaba en el agua, por más que ésta, no entrándole por la boca, le dejase libre la respiración. Tal vez en aquel momento el puente huía con rapidez impulsado por el viento arrastrándole echado y flotante sobre él; pero mientras hubiese podido guardar semejante posición, casi habría sido imposible que se ahogara. Una oleada le echó entonces al otro lado del puente, y en esta nueva posición, que procuró guardar, gritó a intervalos: ¡socorro! Precisamente antes de que le descubriera Henderson, la falta de fuerzas le obligó a perder la posición que trataba de conservar, y, cayendo en el agua, se consideró perdido. Durante aquella lucha, ni siquiera se había acordado del *Ariel* ni de cosa alguna relativa al origen de la catástrofe: de todas sus facultades se había apoderado un vago sentimiento de terror y de desesperación. Finalmente, cuando le extrajeron del mar, la razón le abandonó por completo, y, como ya he dicho, sólo una hora después de hallarse a bordo del *Penguin* pudo apreciar su verdadera situación.

Por lo que a mí hace, me salvaron hallándome muy próximo a la muerte, después de tres horas y media, durante las que se emplearon todos los medios, gracias a fuertes fricciones de franela mojada en aceite caliente, procedimiento que Augustus sugirió. La herida del cuello, aunque de horroroso aspecto, no era de mucha gravedad y curé muy pronto.

El ballenero entró en el puerto a las nueve de la mañana, después de haber tenido que luchar con una de las brisas más fuertes que jamás se haya conocido en los mares de Nantucket. Augustus y yo nos las compusimos para presentarnos en casa de Mr. Barnard a la hora del desayuno que afortunadamente se había retardado un poco a causa de la tertulia de la noche anterior. Debo creer que todas las personas que se hallaban a la mesa estaban excesivamente cansadas para observar lo demudado de nuestros semblantes, porque no se necesitaba mucha atención para apercibirse de ello. Cierto que los estudiantes son capaces de hacer milagros tratándose de engañar, y no creo que a ninguno de nuestros amigos de Nantucket se le ocurriera que la terrible historia que en la ciudad contaron algunos marineros de haber avistado una fragata y ahogados a treinta o cuarenta pobres diablos pudiese referirse al *Ariel*, a mi compañero y a mí.

Augustus y yo hemos hablado muchas veces de esta aventura; pero nunca sin estremecernos. En una de nuestras conversaciones, Augustus me confesaba con franqueza que nunca se había horrorizado tanto como cuando en nuestra débil barquilla abarcó con una mirada toda la extensión de su embriaguez y se sintió anonadado por ella.

2. EN LA SENTINA

En toda historia de simple daño o peligro, ni aun de los supuestos más sencillos pueden deducirse consecuencias exactas en este o en aquel sentido. Acaso se creerá que una catástrofe como la que acabo de referir debía sofocar mi naciente pasión por el mar; al contrario, nunca experimenté tan ardiente deseo de correr las extrañas aventuras de la vida de un navegante, como una semana después de nuestra milagrosa salvación. Este corto espacio de tiempo bastó y sobró para borrar de mi memoria todos los accidentes tenebrosos y para iluminar el lado pintoresco de nuestra arriesgada aventura.

Mis conversaciones con Augustus eran cada vez más frecuentes y más interesantes. Tenía mi compañero una manera de referir sus historias marítimas, historias cuya mayor parte tengo hoy por inventadas, que no podía darse otra mejor para seducir un temperamento entusiasta como el mío y fascinar una imaginación algo sombría, pero siempre ardiente. Lo más extraño era que, al describirme los terribles instantes de sufrimiento y de desesperación de la vida del marino, lograba cautivar todas mis facultades y sentimientos, poniéndolos al servicio de esta novelesca profesión.

El lado brillante del retrato me interesaba escasamente; todas mis visiones eran el naufragio y el hambre, la muerte o la esclavitud entre tribus bárbaras, una vida de dolores y de lágrimas arrastrada en alguna roca árida y desierta, en un mar inaccesible y desconocido. Estos delirios, estos deseos, porque se elevan hasta el deseo, son muy comunes, según me han afirmado después, entre la clase harto numerosa de hombres melancólicos; pero en la época de que hablo, yo los consideraba como nuncios proféticos de una suerte a la que me sentía destinado. Augustus en aquella situación dominaba completamente mi espíritu y es probable que nuestra intimidad hubiera producido algún cambio en nuestros respectivos caracteres.

A los ocho meses después del desastre del *Ariel*, la casa Lloyd y Vredenburgh, ligada hasta cierto punto, según creo, con la de los señores Enderby de Liverpool, trató de reparar y equipar el bergantín *Grampus* para la pesca de la ballena. Era un casco viejo apenas en estado de sostenerse en el mar, a despecho de todo lo que se practicase para repararle, y no puedo decir por qué fue preferido a otros excelentes buques de los mismos propietarios; pero ello es que así sucedió.

Mr. Barnard se encargó del mando y Augustus debía embarcarse con su padre. Mientras se estaba equipando el bergantín, me instaba repetidamente a que aprovechase la feliz ocasión que se me presentaba para satisfacer mis deseos de viajar, y ciertamente que me hallaba dispuesto siempre a escucharle; pero las cosas no eran fáciles de arreglar. Mi padre no se oponía directamente a ello; pero a mi madre le daban ataques de nervios tratándose de este proyecto, siendo lo peor que mi abuelo, de quien yo esperaba mucho, juró que no me dejaría un chelín si me atrevía a hablarle de semejante cosa. Estas dificultades, lejos de abatirme, fueron como aceite en la llama. Resolví partir a pesar de todo el mundo, y, cuando hube participado mi intención a Augustus, nos pusimos a discutir un plan para llevarlo a cabo. Sin embargo, cuidé mucho de allí en adelante de no proferir una palabra relativa al viaje delante de ninguno de mis parientes, y como aparentaba ocuparme de mis estudios ordinarios, creyeron todos que había abandonado el proyecto. Muchas veces he examinado después mi conducta en aquella ocasión con tanta sorpresa como disgusto. La profunda hipocresía de que me valí para realizar mis intenciones y que durante mucho tiempo encubrió todas mis palabras y acciones, sólo me fue soportable, gracias a la ardiente y poco común esperanza con que contemplaba la realización de mis sueños de viaje tanto tiempo acariciados.

A fin de llevar a cabo la estratagema, veíame obligado a confiar muchas cosas a Augustus, empleado la mayor parte del día a bordo del *Grampus* y ocupado en arreglar varias cosas para su padre en la sentina y en la bodega; pero por la noche estábamos seguros de vernos y hablábamos de nuestras esperanzas. Después de haber pasado un mes de esta manera sin dar con un plan de éxito verosímil, me dijo por fin que lo tenía todo dispuesto.

Yo tenía en New-Bedford un pariente llamado Mr. Ross en cuya casa solía pasar a veces dos o tres semanas. El bergantín debía hacerse a la vela a mediados de junio (estábamos en el año 1827) y convinimos en que, un día o dos antes de que se hiciese a la mar, mi padre recibiría, como de costumbre, una carta de Mr. Ross, rogándole que me permitiese ir a su casa para pasar una quincena con sus hijos Robert y Emment. Augustus se encargó de redactar la carta y de hacerla llegar a su destino, y yo, aparentando que partía para New-Bedford, debía reunirme con mi camarada que me prepararía un escondrijo a bordo del *Grampus.* Me aseguró que el escondite estaría dispuesto para pasar en él cómodamente algunos días, durante los cuales no debía dejarme ver por nadie; que cuando el bergantín se hallase ya a tanta distancia que no se pudiese pensar en la vuelta, se me instalaría en el disfrute de la bodega; que su padre se reiría de la travesura, y que encontraríamos buques de sobra por cuyo medio dirigiría a mis padres una carta explicándoles lo acontecido.

Al fin llegó el día señalado para la partida, y nuestro plan estaba suficientemente maduro. Se escribió y envió la carta, y un lunes por la mañana abandoné mi casa aparentando que me dirigía al paquebote de New-Bedford; pero adonde fui realmente fue a buscar a Augustus que me estaba aguardando en la esquina de una calle.

Habíamos convenido al principio que yo me mantendría oculto hasta llegada la noche y que entonces me deslizaría a bordo del bergantín; pero como sobrevino a favor nuestro una espesa niebla, resolvimos no perder tiempo en ocultarme. Augustus tomó el camino del embarcadero y yo le seguí a alguna distancia envuelto en un grueso gabán de marinero que me había proporcionado para disfrazarme de modo que no pudiesen conocerme. Acabábamos de volver la segunda esquina, después de haber pasado el pozo de Mr. Edmund, cuando ¿a quién me encuentro de manos a boca y mirándome de hito en hito?: a mi abuelo en carne y hueso, al anciano Mr. Peterson.

—¡Hola! ¡Hola! —exclamó después de una buena pausa—. ¡Gordon! ¡Pues es él! ¿Adónde vas con ese paletó pringoso?

—Caballero —repliqué, tomando lo mejor que

pude un aire de ofendido y con el tono más rudo que puede imaginarse—. Caballero, me parece que estáis equivocado; ante todo debo deciros que mi nombre no tiene nada de común con el de Goddin, y os deseo que veáis un poco más claro y que no confundáis mi gabán nuevo con un paletó pringoso. ¡Habrá tunante!...

No sé cómo pude contener la risa viendo el ademán extraño con que mi abuelo recibió aquel soflón. Retrocedió dos o tres pasos, de pronto se puso pálido, después excesivamente colorado, levantóse los espejuelos, los bajó de nuevo y se echó sobre mí corriendo a más no poder, amenazándome con el paraguas. A poco se detuvo de repente, como asaltado por un recuerdo, y retrocedió marchándose calle arriba, trémulo aún de cólera y murmurando entre dientes:

—No puede ser; ¡malditos espejuelos! Hubiera jurado que era Gordon; marinero más insolente...

Después de haber salido airoso del lance, continuamos nuestro camino con más prudencia y llegamos con toda felicidad al buque. No había a bordo más que uno o dos hombres que estaban ocupados en no sé qué en el castillo de proa. El capitán Barnard tenía que hacer, y esto ya lo sabíamos nosotros, en casa de los señores Lloyd y Vredenburgh, donde debía permanecer hasta muy entrada la noche; nada teníamos, pues, que temer por este lado.

Augustus subió a bordo del buque y yo le seguí a toda prisa sin que me vieran los hombres que estaban trabajando. Entramos en seguida en la cámara que estaba desierta y preparada de la manera más cómoda, cosa acostumbrada regularmente a bordo de un ballenero. Tenía cuatro excelentes gabinetitos con catres anchos y cómodos. Observé también que había una gran estufa y una alfombra muy bonita y gruesa que cubría el suelo de la cámara y de los camarotes de los oficiales. El techo tendría unos siete pies de altura y el conjunto era de aspecto más vasto y agradable de lo que yo me había imaginado. Augustus concedió poco tiempo a mi curiosidad e insistió en que era preciso que me ocultase cuanto antes.

A este fin me condujo a su camarote que estaba a estribor e inmediato a la obra muerta. Luego de haber entrado cerró la puerta y echó el cerrojo. Me pareció que no había visto nunca otro cuarto más lindo que aquél: tenía de largo diez pies aproximadamente y sólo había un catre ancho y cómodo como aquellos de los que he hablado antes. Hacia el lado de la obra muerta y en un espacio de cuatro pies cuadrados se veían una mesa, una silla y algunos estantes cargados de libros, en su mayor parte de viajes y de náutica. En aquel camarote vi también una multitud de otros objetos de lujo, entre los cuales no debe pasar en silencio cierto aparador o armario en el que Augustus me enseñó una escogida colección de fiambres y licores.

En un ángulo del espacio de que he hablado tocó un resorte oculto por la alfombra, haciéndome ver que una parte del pavimento de unas dieciséis pulgadas cuadradas, podía levantarse y ajustarse de nuevo, de manera que no se conociese. Por efecto de la presión, aquella plancha se levantó por un lado todo lo suficiente para introducir los dedos. Augustus ensanchó la entrada de la trampa, a la que la alfombra se mantenía sujeta por clavos muy chicos, y vi que conducía a la sentina de popa. Encendió inmediatamente una bujía con la ayuda de un fósforo, y, colocando la luz en una linterna sorda, penetró por la trampa diciéndome que le siguiese. Lo hice así, y entonces cerró la abertura por medio de un clavo colocado en la parte inferior. El tapiz recobraba su primera posición sobre el pavimento sin dejar señal alguna que indicara aquel escotillón.

La bujía daba una luz tan débil, que apenas podía yo abrirme camino en medio del montón de objetos confusos que me rodeaban. Sin embargo, mi vista se fue acostumbrando gradualmente a la oscuridad y caminé con más desembarazo, cogido a los faldones del gabán de mi compañero.

Después de haber dado vueltas por un sinnúmero de pasajes angostos, llegamos a una caja rodeada de un aro de hierro, semejante a las que se usan a veces para empaquetar la loza de gran valor, de unos cuatro pies de altura y más de seis de largo, pero excesivamente estrecha. Encima había colocadas dos grandes barricas de aceite vacías y encima de éstas un montón de jergones de paja apilados hasta el techo. Alrededor y sin orden alguno veíase un rimero en el que se hallaban apiñados y llegando también al techo un verdadero caos de provisiones de bordo, con una mezcla heterogénea de cajones, canastos, barriles y bultos, hasta tal punto, que consideré como un milagro el que hubiésemos podido abrirnos camino para llegar a la caja en cuestión. Supe en seguida que Augustus había dispuesto aquella aglomeración de objetos en la sentina, para prepararme un excelente escondite, no habiéndole ayudado en este trabajo más que un hombre que no había de partir en el bergantín.

Mi camarada me enseñó entonces que una de las tablas de la caja podía levantarse, y la abrió indicándome el interior, cosa que me divirtió mucho. Un colchón perteneciente a uno de los catres de la cámara ocupaba el fondo; la caja contenía además cuantos víveres podían guardarse en tan pequeño espacio, habiendo sitio bastante para estar como me pluguiese, ya sentado o echado. Entre otras cosas había libros, plumas, tinta y papel, tres cobertores, una gran vasija llena de agua, un barrilito de galleta, vino de Boloña, un enorme jamón, un trozo de carnero fiambre y media docena de botellas de cordiales y licores.

De mi nueva estancia tomé en seguida posesión más satisfecho indudablemente que ningún rey al estrenar un palacio.

Augustus me enseñó entonces a cerrar la caja, y después, acercando la luz todo lo posible al puente, vi el extremo de una cuerda negra sujeta a aquél. Esa cuerda, según me dijo, partía de mi escondrijo, serpenteaba por entre los rimeros de la sentina y terminaba en un clavo del puente colocado debajo de la trampa que conducía a su camarote.

Por medio de aquella cuerda podía fácilmente hallar el camino sin guía alguno, en el caso de que un accidente imprevisto me obligase a hacer este viaje.

Entonces se despidió de mí, dejándome la linterna con una buena provisión de bujías y fósforos, y prometiéndome visitarme cuantas veces pudiera sin llamar la atención.

Era el día 17 de junio.

Tres días y tres noches, según colijo, permanecí en mi escondite, no saliendo de él más que dos veces para estirar los miembros cómodamente, manteniéndome de pie entre dos cajas frente por frente a la abertura. Ninguna noticia de Augustus tuve durante aquel tiempo, bien que esto no me causó mucha inquietud, porque sabía que el bergantín iba a hacerse a la vela de un momento a otro, y con la agitación que por esta circunstancia reinaría a bordo, no tendría ocasión mi amigo de bajar a verme.

Al cabo oí que la trampa se abría y se cerraba y Augustus me llamó con voz sorda preguntándome si seguía bien y si necesitaba algo.

—Nada —contesté—, estoy tan bien como puedo estarlo. ¿Cuándo se hace a la vela el bergantín?

—Antes de media hora levará anclas —me respondió—. He venido para participártelo y temiendo que mi ausencia te tuviese inquieto. No podré volver hasta pasados algunos días, quizá tres o cuatro bien largos. A bordo no hay novedad. Cuando haya subido y cerrado la trampa, deslízate siguiendo la cuerda hasta encontrar el clavo. En él te dejo mi reloj que puede serte de utilidad, supuesto que no ves la luz del día para apreciar el tiempo. Apuesto a que no podrías decir cuánto tiempo hace que estás enterrado ahí. Sólo hace tres días, hoy estamos a veinte. Te llevaría el reloj; pero temo que me necesiten a bordo.

Dicho esto, se retiró.

Cerca de una hora después, sentí distintamente que el bergantín se daba a la vela y me felicité por emprender un viaje con tan buena fortuna. Poseído de esta idea, resolví conservar mi alegría y esperar tranquilamente los sucesos, hasta que me fuera permitido cambiar mi estrecha caja por las comodidades más latas, bien que difícilmente más codiciadas, del camarote.

Mi primer cuidado fue ir a buscar el reloj. Dejé encendida la bujía y anduve a tientas en la oscuridad, siguiendo la cuerda por entre vueltas y revueltas tan complicadas, que varias veces eché de ver que a pesar de todo mi trabajo y de todo lo andado, me hallaba a muy corta distancia del punto de partida. Al cabo pude, sin embargo, llegar al término, y apoderándome del objeto de tan largo viaje, logré regresar fácilmente al escondite.

Me puse luego a examinar los libros de que Augustus me había provisto con tanta amabilidad y empecé a leer la *Expedición de Lewis y Clarke a la embocadura de la Columbia.* Así me recreé un buen rato, y, luego, apagué con cuidado la bujía y me dormí profundamente.

Al despertarme tenía turbados los sentidos y fue menester que pasara algún tiempo antes de poder recordar mi situación. Poco a poco, sin embargo, fui acordándome de todo. Encendí la luz y miré el reloj. Se había parado y no podía por consiguiente apreciar cuánto tiempo había durado mi sueño. Tenía entumecidos los miembros y para aliviarme vime obligado a estar de pie entre las cajas.

Sintiendo entonces un hambre devoradora, pensé en el carnero fiambre del que había comido un pedazo antes de dormirme y que me había parecido excelente; pero ¡cuál fue mi sorpresa al verlo en completo estado de putrefacción! Esta circunstancia me llenó de la más viva inquietud, porque comparándola con la pesadez que experimenté al despertarme, sospeché que debía haber dormido durante muchísimo tiempo. La temperatura de la sentina podía haber contribuido a ello y producir los resultados más deplorables.

La cabeza me dolía excesivamente; me parecía que respiraba con dificultad, y en fin, me hallaba como oprimido por una multitud de sensaciones melancólicas. No me atrevía a arriesgarme a abrir la trampa ni a tentar otro medio que hubiera podido descubrirme, y habiéndome limitado a dar cuerda al reloj, hice todo lo posible por resignarme.

Durante el largo tiempo de veinticuatro insoportables horas, nadie acudió en mi auxilio, y, sin poderlo remediar, acusaba a Augustus de la más grande indiferencia. Lo que principalmente me alarmaba era que el agua había quedado reducida a una media pinta, y me abrasaba la sed a causa de haber comido salchichón de Boloña, viendo que no podía aprovecharme del fiambre.

Sentí una inquietud extraordinaria y los libros

ya no tuvieron para mí interés alguno. Dominábame también un pesado sueño, y me estremecía al pensar que pudiera dormirme, temiendo no hubiese en la atmósfera de la sentina alguna influencia nociva como la del carbón ardiendo.

El movimiento del bergantín me probaba, sin embargo, que estábamos en altar mar, y un ruido sordo, un mugido, que llegaba a mis oídos como viniendo de una gran distancia, me convencía de que la brisa que soplaba no era una brisa ordinaria. No encontraba razón alguna que me explicase la ausencia de Augustus. Seguramente habíamos andado ya bastante para poder subir a cubierta. Quizás le había sucedido algo; pero no acertaba con accidente alguno que me explicase la razón de tenerme prisionero durante tanto tiempo, a no ser que hubiese muerto de repente o que hubiese caído al agua; detenerme en semejante idea un solo segundo me era insoportable.

Podía ser que hubiésemos tenido vientos contrarios y que nos hallásemos aún a corta distancia de Nantucket, idea a la que desde luego hube de renunciar, porque, si esto hubiese sucedido, el bergantín habría virado de bordo varias veces, y estaba íntimamente convencido, a juzgar por la continua inclinación a babor, que no había dejado de navegar con brisa de estribor. Por otra parte, aun concediendo que permaneciésemos en las inmediaciones de la isla, ¿no hubiera podido Augustus visitarme y ponerme al corriente de lo que ocurriese?

En estas reflexiones sobre mi embarazosa situación, deplorable y solitaria además, determiné esperar otras veinticuatro horas, con ánimo de dirigirme a la trampa, si transcurridas no recibía socorro, y de hacer lo posible para obtener ya una entrevista con mi amigo ya, a lo menos, respirar un aire más puro por entre la abertura y llevarme de su camarote una nueva provisión de agua. Ocupado en esta idea, caí, a pesar de toda mi resistencia, en un profundo sueño o más bien en una especie de sopor.

Mis sueños eran de los más horribles; abrumábame toda clase de calamidades y de horrores; entre otros tormentos, sentía que una legión de demonios de siniestro y feroz aspecto me ahogaba bajo enormes almohadas; inmensas serpientes rodeaban mi cuerpo mirándome de hito en hito con ojos ardientes y horrorosamente brillantes; luego desiertos sin límites, devastados y sin hojas, se levantaban como una procesión sin término en toda la extensión que mi vista abarcaba; sus raíces estaban sumergidas en inmensos charcos cuyas aguas se extendían a lo lejos, horriblemente negras, siniestras y terribles en su inmovilidad; y aquellos árboles extraños parecían dotados de cierta vitalidad humana, y, agitando aquí y allá sus brazos de esqueleto, pedían perdón a las aguas silenciosas y clamaban misericordia con el acento vibrante, agudo de la desesperación y del estertor de la agonía. Después cambiaba la escena, y me hallaba de pie, desnudo y solo en los ardientes arenales de Sahara: a mis pies yacía agachado y recogido un león feroz de los Trópicos que me miraba con ojos extraviados; de un salto convulsivo se ponía en pie y descubría la horrible hilera de sus dientes; en seguida, de sus fauces rojas se escapaba un rugido semejante al trueno del firmamento y yo me echaba impetuosamente al suelo.

Sofocado por el paroxismo del terror, me sentí al cabo casi despierto. Mi sueño no había sido completamente sueño. Recobré el uso de mis sentidos. Las patas de algún enorme y verdadero monstruo se apoyaban pesadamente en mi pecho, y sus colmillos blancos y siniestros brillaban sobre mí en la oscuridad.

Si para salvar mil veces mi vida no hubiera tenido que hacer otra cosa que mover un miembro o pronunciar una sílaba, no habría podido moverme ni hablar. El animal, cualquiera que fuese, seguía en su posición, sin intentar ataque alguno, y yo continuaba tendido debajo de él en un estado de debilidad para mí próximo a la muerte. Mis facultades físicas y mentales me abandonaban por momentos; en una palabra, sentí que me moría y me moría de terror.

Me atormentaba el vahído, invadíanme las náuseas mortales del vértigo, perdía la vista, y las pupilas resplandecientes fijas en mí parecían también oscurecerse. Haciendo un supremo y violento esfuerzo, dirigí a Dios una débil plegaria y me resigné a morir. Pareció que el sonido de mi voz despertaba todo el furor latente del animal que se echó cuan largo era sobre mi cuerpo. Pero júzguese de mi asombro cuando exhalando un prolongado y sordo gemido, empezó a lamerme el semblante y las manos con las mayores caricias y las más extravagantes demostraciones de cariño y alegría.

A pesar de mi postración y de mi sorpresa, no pude menos que reconocer en aquellas caricias las que solía prodigarme Tigre, mi perro de Terranova. Efectivamente era él, y al convencerme de ello sentí que un torrente de sangre circulaba por mis venas, sentí entre vértigos que recobraba la libertad y la vida. Me levanté precipitadamente sobre el colchón donde había estado agonizante, y estrechando a mi fiel compañero entre mis brazos, desahogué mi corazón derramando un torrente de las más afectuosas lágrimas.

Como ya me había sucedido, al levantarme del colchón, mi cerebro estaba confuso y en el mayor desorden. Durante algún tiempo parecióme casi imposible reunir dos ideas, pero recobré lenta y gradualmente la facultad de pensar y recordé al fin las diferentes circunstancias de mi situación.

Con respecto a la presencia de Tigre, en vano traté de explicármela, y después de perderme en conjeturas, me contraje simplemente y sin ulteriores investigaciones a alegrarme de que hubiese venido a compartir mi lúgubre soledad y a animarme con sus caricias. Son muchos los que tienen cariño a sus perros; pero yo profesaba a Tigre un afecto mucho más ardiente que el común, y de seguro ningún otro ser viviente lo mereció mejor. Durante siete años había sido mi compañero inseparable, y en muchísimas ocasiones había recibido de él pruebas de todas las nobles cualidades que hacen apreciable un animal. Le habían arrancado, siendo aún muy pequeño, de las garras de un mozalbete de Nantucket que le arrastraba al mar con una cuerda al cuello; y, cuando fue grande, me pagó esta deuda, tres años después, salvándome del ataque de un ladrón que me asaltó en una calle.

Miré el reloj y aplicándolo al oído observé que se había parado de nuevo; pero no lo extrañé, pues estaba convencido, a juzgar por el estado de mis facultades, de que había dormido, como la otra vez, durante mucho tiempo. ¿Cuánto? Me era imposible decirlo.

Estaba consumido por la fiebre y no podía resistir la sed. Busqué a tientas la poca provisión que debía quedarme de agua, porque no tenía luz a causa de que la bujía se había consumido completamente, y no daba con los fósforos.

Por fin hallé la vasija, pero estaba vacía; sin duda Tigre no había podido resistir a la sed, ni tampoco al hambre, porque se había comido el fiambre de carnero cuyo hueso estaba echado completamente sin carne fuera de la caja. Podía comerme los salchichones medio podridos, pero desistí de esta idea al pensar que me faltaba agua.

Sentíame excesivamente débil, de modo que al menor movimiento, al más ligero esfuerzo, temblaba de pies a cabeza, como en un fuerte acceso de fiebre. Para mayor tormento, el bergantín cabeceaba con gran violencia, y las barricas de aceite colocadas encima de la caja amenazaban a cada instante venirse al suelo, tapiando la única salida de mi escondite. El marco aumentaba mis padecimientos, y no pudiendo sufrirlos por más tiempo, resolví dirigirme a la ventura hacia la trampa en busca de auxilio, antes que para ello me faltasen las fuerzas.

Tomada esta resolución, procuré dar a tientas con los fósforos y las bujías: descubrí la caja de aquéllos con gran trabajo; pero no encontrando las bujías tan pronto como esperaba, no me cuidé de ellas por entonces, y, mandando a Tigre que se mantuviera tranquilo, emprendí decididamente mi viaje en dirección a la trampa.

En esta tentativa me convencí todavía más de mi debilidad. Difícilmente podía arrastrarme por el suelo; mis miembros cedían bajo el peso de mi cuerpo cuando menos lo esperaba; hasta que cayendo prosternado, permanecí durante algunos minutos en un estado poco menos que de completa inmovilidad.

Luchando, sin embargo, avanzaba lentamente, temiendo a cada instante desmayarme en el laberinto estrecho y complicado de la estiva, en cuyo caso no debía esperar otro resultado que la muerte.

A fuerza de lucha y haciendo un esfuerzo con toda la energía de que podía disponer, mi frente chocó con el ángulo agudo de una caja forrada de hierro.

Este accidente sólo me causó un aturdimiento de pocos instantes, pero descubrí con indecible dolor que el movimiento del buque había arrojado la caja en medio de mi camino, obstruyendo completamente el paso.

En vano procuré, apelando a todas mis fuerzas, apartarla siquiera una pulgada, tan ajustada estaba entre las demás. Era preciso, pues, a pesar de mi debilidad, o soltar la cuerda conductora y buscar otro camino, o encaramarme por el obstáculo y saltar al lado opuesto. El primer partido presentaba muchos peligros y dificultades cuya sola consideración me estremecía. Rendido moral y físicamente, intentar semejante imprudencia era perderme sin remedio y morir miserablemente en aquel lúgubre y repugnante laberinto de la cala. Empecé, sin vacilación alguna, a reunir las fuerzas que me quedaban con ánimo de subir por la caja si era posible.

Al levantarme para conseguirlo, me di cuenta de que la empresa era superior a mi previsión y exigía más trabajo del que yo me había imaginado.

A cada lado del estrecho pasillo se levantaba un verdadero muro formado por una multitud de materiales de los más pesados; el menor descuido mío los podía derrumbar sobre mi cabeza, o si escapaba de esta desgracia, la masa de los objetos caídos podía cerrarme la vuelta, y éste era un nuevo obstáculo.

Con respecto a la caja era muy alta y maciza, y el pie no podía encontrar en ella ningún apoyo. Por todos los medios posibles probé en vano de coger el borde superior, creyendo poder levantarme después apoyado en los brazos; pero a poderlo alcanzar, es indudable que no habría tenido bastante fuerza para levantarme, y al fin y al cabo valía más que no lo hubiese conseguido.

Ultimamente haciendo un esfuerzo extremado para desviar la caja de su sitio, oí como una vibración del lado que tenía más inmediato. Recorrí vivamente con la mano los intersticios de las tablas y me apercibí que una de las más anchas se movía. Con un cuchillo que felizmente tenía, logré, no sin trabajo, separarla enteramente de las otras, y, pasando por la abertura que dejó, descubrí con la mayor alegría que la caja no tenía tablas por el lado opuesto, o mejor dicho, que le faltaba la tapa y que me había abierto paso por el fondo.

Ya pude entonces seguir el camino sin dificultad, hasta que al fin encontré el clavo. Levantéme, latiéndome el corazón, y empujé suavemente la puerta de la trampa que no se levantó tan pronto como yo esperaba. La empujé con más fuerza, temiendo que en aquel momento hubiese en el camarote alguna persona que no fuese Augustus; pero con gran asombro mío, la puerta no cedió y empecé a inquietarme, pues sabía que antes se levantaba a la menor presión. La empujé vigorosamente; no se movió: con todas mis fuerzas; no cedía: con rabia, con furor; con desesperación; resistió a todos mis esfuerzos. Ya no me cabía duda, a juzgar por la inflexibilidad de la resistencia, que el agujero había sido descubierto y sólidamente cerrado, o que habían puesto encima un enorme peso que no debían pensar en levantar.

Sobrecogido del más profundo horror, traté en vano de adivinar la causa probable que me emparedaba en aquella tumba. Ninguna suposición me convencía, y me dejé caer en el suelo, entregándome sin resistencia a las más negras reflexiones, entre las que descollaban principalmente, poderosas y terribles, la muerte por sed, la muerte por hambre, la asfixia y el enterramiento anticipado. Sin embargo, después de algún tiempo recobré en parte mi serenidad, y, levantándome, busqué con los dedos las junturas y las quiebras de la trampa. Habiéndolas encontrado, las examiné escrupulosamente para ver si dejaban pasar alguna luz del camarote; pero no había ningún resplandor apreciable.

Entonces introduje la hoja del cortaplumas por entre las junturas hasta que encontré un obstáculo duro. Raspando, descubrí que era una masa enorme de hierro, y por la sensación particular de ondulación que noté en la hoja del cortaplumas, pasándola a lo largo, comprendí que aquello debía ser una cadena.

El único partido que me quedaba era volver a la caja y resignarme allí con mi triste suerte, o consagrarme a calmar mi espíritu para hacerlo capaz de combinar un plan de salvación.

Inmediatamente puse manos a la obra, y después de innumerables dificultades, pude conseguir mi vuelta. Al dejarme caer extenuado enteramente sobre el colchón, Tigre se tendió a mi lado, como tratando de consolarme de mis penas y de exhortarme a soportarlas con valor por medio de sus caricias.

La singularidad de su actitud llamó vivamente mi atención. Después de haberme lamido la cara y las manos durante algunos minutos, se detenía de pronto y lanzaba un sordo gemido. Cuando extendía la mano hacia él, le encontraba invariablemente echado sobre el lomo y las patas en el aire. Esta posición me parecía extraña y no podía de ningún modo darme cuenta de ella. Como el pobre perro parecía estar triste, creí que había recibido algún golpe, y tomando sus patas entre mis manos, las tenté una a una, pero no hallé síntoma alguno de mal. Supuse entonces que tenía hambre y le di un gran trozo de jamón que devoró con avidez, colocándose luego en la posición que tanto me preocupaba. Pensé que tal vez estaba sufriendo, como yo, los tormentos de la sed; e iba a adoptar esta conclusión como la única verdadera, cuando me ocurrió que sólo había examinado sus patas y que podía tener una herida en algún punto del cuerpo o de la cabeza. Le palpé ésta con todo cuidado, sin encontrar nada en ella; pero al pasarle la mano por el lomo, sentí como una ligera erección del pelo que le cruzaba por todo su ancho. Hundiendo los dedos en el pelo, toqué un cordel que seguí con la mano y que rodeaba todo su cuerpo.

Procediendo a un examen más minucioso, tropecé con una pequeña tira que me pareció de papel para cartas. El bramante la atravesaba y había sido colocada debajo de la espalda izquierda del animal.

3. UN PERRO TIGRE

En seguida se me ocurrió que este papel era una esquela de Augustus, y que habiéndole impedido venir a sacarme de mi cárcel alguna circunstancia imprevista, había acudido a semejante medio para enterarme del estado de las cosas.

Palpitando de impaciencia me puse de nuevo a buscar los fósforos y las bujías. Tenía como un recuerdo confuso de haberlos guardado cuidadosamente en alguna parte, antes de dormirme; y me parecía que antes de mi última expedición a la trampa me hallaba en estado de recordar perfectamente el sitio donde los había puesto. Pero en vano trataba ahora de recordarlo y perdí una hora larga en buscar inútilmente estos malditos objetos; nunca me encontré en un estado más doloroso de ansiedad e incertidumbre. Al fin tentando por todas partes, apoyada la cabeza en el lastre, me acerqué a la abertura de la caja, y fuera de ella vi un débil resplandor. Lleno de admiración procuré dirigirme hacia aquella luz, que me parecía no distaba de mí sino algunos pasos; pero apenas había empezado a moverme para llegar a aquel objeto, me vi obligado a palpar otra vez a lo largo de la caja hasta recobrar exactamente mi primera posición. Entonces moviendo con cautela la cabeza aquí y allí, observé que adelantándome lentamente con la mayor precaución en dirección opuesta a la que antes había adoptado, podría llegar hasta la luz sin perderla de vista. Al fin logré mi deseo, no sin haber tenido que seguir un camino interrumpido por una multitud de revueltas, y descubrí que aquella luz provenía de unos fragmentos de los fósforos esparcidos en un barril vacío y echado al suelo. No me sorprendía poco encontrarlos en aquel sitio, cuando toqué con la mano dos o tres pedazos de cera que al parecer habían sido mascados por el perro. Deduje en seguida que Tigre había devorado mi provisión de bujías y perdí la esperanza de poder leer el papel de Augustus.

Los trozos de cera estaban tan amalgamados con los restos de otras materias que había contenido el barril, que renuncié a sacar partido de ellos y los dejé donde estaban. En cuanto al fósforo, del que quedaban aún una o dos migajas luminosas, lo recogí lo mejor que pude, y volví con mucho trabajo a la caja de donde Tigre no se había movido.

No sabía en verdad qué hacer entonces. La cala estaba tan profundamente oscura, que no podía verme la mano por más que me la acercase a la cara. Con respecto al pedazo blanco de papel, no lo distinguía apenas sino volviendo hacia él la parte exterior de la retina, esto es, mirándolo de soslayo; así lograba hacerlo ligeramente sensible a mi vista.

De ahí puede inferirse cuál era la oscuridad de mi cárcel, y el billete de mi amigo, dado el caso que fuese un billete suyo, parecía que no tenía más objeto que el de aumentar mi confusión, atormentando sin utilidad mi pobre espíritu ya tan agitado y tan débil. En vano inventaba proyectos descabellados para procurarme luz, proyectos análogos a los que para un objeto semejante imaginaría un hombre aletargado por el opio, apareciendo cada uno sucesivamente como la más razonable o la más absurda de las invenciones, según que los destellos de la razón o de la imaginación dominan en su espíritu vacilante.

Por fin se me ocurrió una idea que me pareció racional y me admiré de que no la hubiese tenido antes. Coloqué el pedazo de papel sobre la cubierta de un libro y recogiendo los trozos de fósforo que había traído del barril, los puse todos juntos sobre el papel; luego con la palma de la mano los froté viva y fuertemente. Una luz clara se extendió inmediatamente por la superficie, y estoy seguro que si hubiese habido en ella alguna cosa escrita la habría podido leer sin dificultad; pero no había una sílaba, no había más que una triste y desconsoladora blancura; la claridad se apagó en pocos segundos y sentí desvanecerse mi corazón con ella.

Ya llevo dicho que durante un período precedente mi espíritu vagaba en la imbecilidad: cierto que tuve algunos intervalos de perfecta lucidez y de vez en cuando de energía; pero habían sido muy pocos. Hay que recordar que respiraba hacía ya sin duda muchos días la atmósfera casi pestilente de un estrecho calabozo en un buque ballenero y que durante muchos de estos días sólo había podido disponer de una muy escasa cantidad de agua. En las últimas catorce o quince horas había estado completamente privado de ella lo mismo que de sueño.

Provisiones saladas de la más irritante naturaleza habían sido mi principal y único alimento desde la putrefacción del fiambre, a excepción de la galleta, de la que no podía comer por lo dura que estaba, ni tragaría mi garganta seca e irritada. Tenía entonces una fiebre muy intensa y estaba malísimo bajo todos conceptos. Esto explicará cuantas largas y miserables horas de abatimiento pudieron pasar desde la aventura del fósforo hasta que me acordé que sólo había examinado una de las caras del papel.

No trataré de describir mi rabia al notar semejante olvido. Esta necedad no habría sido muy grave en sí misma si mi locura y mi presunción no la hubiera hecho tal: disgustado de no encontrar nada escrito en el papel, lo había puerilmente desgarrado y arrojado los pedazos; ¿dónde? Era imposible saberlo.

La sagacidad de Tigre me ayudó en la parte más ardua del problema. Habiendo encontrado, después de buscarlo buen rato, un pedacito del billete, lo acerqué a la nariz del perro, tratando de hacerle comprender que era necesario que me proporcionase los demás. Con gran sorpresa (pues no le había enseñado ninguna de las habilidades que constituyen la nombradía de los de su raza) pareció comprender al instante mi pensamiento, y después de haber olfateado algunos momentos encontró otro pedazo bastante grande. Me lo trajo, hizo una corta pausa, y, frotando su nariz contra mi mano, parecía aguardar que yo aprobase lo que había hecho. Le di unos golpecitos en la cabeza, y emprendió inmediatamente y de nuevo su tarea.

Pasaron algunos minutos antes de que volviera, pero al cabo me trajo otro gran pedazo que completaba el papel perdido: según parece sólo lo había roto en tres trozos. Afortunadamente, no me costó mucho recoger los restos del fósforo, guiado por el resplandor apenas perceptible que despedían dos pequeños fragmentos.

Mi desdichada suerte me había dado a conocer la necesidad de obrar con prudencia y reflexioné con madurez sobre lo que iba a hacer. Probablemente, dije para mí, habrá escritas algunas palabras en la cara del papel que no he examinado; pero ¿en qué cara? La reunión de los pedazos no contestaba a mis dudas y sólo me aseguraba que encontraría todas las palabras, si palabras había, en un mismo lado y siguiéndose lógicamente como habían sido escritas. Acertar el punto en cuestión y de una manera indudable era cosa absolutamente necesaria; los escasos restos del fósforo habrían sido insuficientes para una tercera prueba si me salía mal por desgracia la que iba a intentar.

Coloqué, como había hecho ya, el papel sobre un libro y me senté para reflexionar sobre la cuestión. Pensé, al fin, que tal vez el lado escrito tendría alguna aspereza en la superficie, aspereza que un delicado examen por medio del tacto podía revelarme. En su consecuencia procedí al experimento y pasé cuidadosamente el dedo por el lado que primero se me presentaba; no sentí absolutamente nada, y volví el papel ajustándolo sobre el libro. Pasé de nuevo el dedo índice a lo largo del papel con gran precaución, cuando descubrí un resplandor sumamente débil, pero perceptible, que seguía a mi dedo. Este resplandor provenía sin duda de algunas pequeñas partículas del fósforo con que había frotado el papel la primera vez. El otro lado era, pues, el que estaba escrito, si había algo escrito en la carta.

Volví otra vez el billete y me puse a obrar del mismo modo que antes. Froté el fósforo; una luz resplandeció de nuevo, pero esta vez unas líneas de una letra gruesa, escritas al parecer con tinta roja se vieron distintamente. La claridad, si bien suficientemente brillante, sólo fue momentánea; sin embargo, al no estar tan vivamente agitado, habría tenido tiempo para leer las tres líneas enteras que había en el papel, pues vi que había tres. La impaciencia de leerlo todo de un golpe hizo que viese solamente las siete palabras últimas que eran: «sangre; manteneos escondido, vuestra vida depende de ello».

Aun cuando hubiese podido leer íntegro el contenido del billete y comprender el sentido completo del aviso que mi amigo había tratado de darme, aun cuando este aviso me hubiese revelado la historia de un desastre horroroso, estoy íntimamente convencido de que no me habría causado una décima parte del terror que en mí produjo un pedazo de billete recibido de una manera tan singular. Esta palabra «sangre» —esta palabra solemne, este rey de las palabras, tan rico siempre de misterio, de terror y de padecimientos— se me apareció entonces tres veces más grande en su significado. Esta sílaba vaga, desprendida de las palabras precedentes que la calificaban y distinguían, cayó pesada y fría por entre las tinieblas profundas de mi cárcel en las regiones más íntimas de mi alma.

Sin duda alguna, tenía Augustus poderosos motivos para decirme que siguiese oculto, y formé mil conjeturas pensando cuáles podrían ser, pero nada hallé que me aclarara satisfactoriamente este misterio.

Al volver de mi último viaje a la trampa, y antes que la actitud de Tigre llamara mi atención, había resuelto hacerme oír de los individuos de la tripulación, o si no podía conseguirlo, buscar un camino perforando el entrepuente. La casi entera certeza que tenía de ser capaz de llevar a cabo mi intento, en un caso extremo, me había dado valor, que de otro modo no habría tenido, para soportar mi dolorosa situación, y he aquí que las pocas palabras que acababa de leer destruían los dos únicos recursos que me quedaban.

Por vez primera sentí entonces toda la desventura de mi suerte; y, en un paroxismo de desesperación, caí otra vez sobre mi pobre cama, en donde permanecí echado todo el día y una noche, poseído de una especie de estupor que atravesaban por instantes algunos vislumbres de razón y de memoria.

Volví a levantarme después y estuve pensando en el horror que me rodeaba. Era dudoso que pudiera vivir aun veinticuatro horas sin agua; vivir más era de todo punto imposible. Durante el primer período de mi reclusión, había acudido a los licores que Augustus me había proporcionado; pero no habían servido sino para excitarme la fiebre sin apagar mi sed de modo alguno. Ya no me quedaba más que medio cuartillo de una especie de licor fuerte de huesos de frutas que no podía soportar. Se habían acabado los salchichones; del jamón sólo quedaba un pedacito de piel; y excepto los restos de una sola galleta, todo lo demás lo había devorado Tigre. Para mayor angustia, mi dolor de cabeza aumentaba por instantes, acompañado del delirio que me había atormentado desde mi primer adormecimiento.

Hacía ya algunas horas que no respiraba sino con gran dificultad, pero ésta se iba convirtiendo en movimientos espasmódicos del pecho a cada esfuerzo de la respiración. Además, tenía otro motivo de inquietud, de un género muy distinto del terror que antes sentía y que me había sacado de mi entorpecimiento y me había movido a levantarme del colchón; mi inquietud procedía de lo que observaba en el perro.

Yo había notado una alteración en él, cuando froté el fósforo por vez primera sobre el papel, pues había puesto su nariz sobre mi mano despidiendo un ligero gruñido; pero en aquel momento estaba yo demasiado agitado para fijarme en esta particularidad. Poco después, como ya he dicho, me había echado sobre el colchón cayendo en una especie de letargo. Entonces oí un silbido particular, y eché de ver que provenía de Tigre, que jadeaba y respiraba como poseído de la mayor excitación, brillando sus ojos de un modo espantoso en la oscuridad. Le dije algunas palabras y me contestó con un gruñido; después se estuvo quieto. El mismo silbido me arrancó dos o tres veces más de mi entorpecimiento, hasta que su actitud me inspiró tal miedo, que desperté completamente. El pobre animal estaba entonces echado contra la abertura de la caja, gruñendo terriblemente, aunque de un modo sordo, y rechinando los dientes, como atormentado por fuertes convulsiones.

Ya no me quedaba duda de que la privación de agua y el aire contenido en la cala le habían vuelto hidrófobo; así es que estaba perplejo entre mil proyectos. No podía conformarme con la idea de matarle, y sin embargo éste era el medio que consideraba absolutamente necesario para mi propia defensa.

Veía perfectamente sus ojos fijos en mí con una expresión de animosidad mortal y a cada instante temía que iba a atacarme. Conocí al cabo que no me era posible prolongar por más tiempo tan terrible situación y resolví salir de la caja a todo evento y acabar con él, si la oposición de su parte me obligaba a ello.

Para huir debía pasar por encima de él, y no parecía sino que presentía mis designios, pues se enderezó sobre las patas delanteras, lo que adiviné por el movimiento de sus ojos, y descubrió la blanca hilera de sus colmillos que me era fácil ver.

Cogí los desperdicios del jamón y la botella que contenía licor, asegurándome con cautela de uno y otra, así como de un cuchillo grande de mesa que Augustus me había dejado, y luego envolviéndome en mi paletó, apretándolo todo lo posible, hice un movimiento en dirección a la abertura de la caja. Me había movido apenas, cuando el perro, lanzando un agudo aullido, se me echó encima. El enorme peso de su cuerpo que recibí en la espalda derecha, me derribó del lado izquierdo, mientras el animal rabioso estaba completamente echado sobre mi cuerpo.

Había caído de rodillas, teniendo la cabeza envuelta en los cobertores, lo cual me preservaba de los peligros de un segundo ataque igualmente furioso, pues sentía los dientes agudos del perro apretando fuertemente la lana de que estaba rodeado mi cuello y cuyos pliegues afortunadamente no podía penetrar. Colocado debajo del animal, pocos momentos bastaban para hallarme completamente a su arbitrio.

Dándome vigor la desesperación, me levanté con ímpetu rechazando al perro lejos de mí con la simple energía de mi movimiento y arrastrando hacia mí los cobertores que luego le eché encima; en seguida, y antes que se desembarazara de ellos, conseguí ganar la puerta y cerrarla para evitar su persecución.

Durante esta lucha me vi precisado a soltar el pedazo de jamón, y quedaron desde entonces reducidas todas mis provisiones a un poco de licor.

Cuando lo observé, me sentí arrebatado por uno de esos accesos de ira semejantes al de un niño mimado en un caso análogo, y, llevando la botella a los labios, la apuré hasta la última gota y la estrellé con rabia a mis pies.

Se había perdido apenas el eco del vidrio roto, cuando oí que pronunciaban mi nombre con voz inquieta, pero ahogada, desde el punto en que estaba alojada la tripulación.

Semejante accidente era para mí cosa inesperada, y la emoción que me causó fue tan intensa, que en vano traté de contestar. Había perdido completamente el uso de la palabra, y atormentándome el temor de que mi amigo, creyéndome muerto, se volviese sin tratar de encontrarme, me mantenía de pie entre las cajas, junto a la puerta de la mía, temblando convulsivamente, la boca entreabierta y luchando para recobrar la palabra.

Aun cuando un millón de mundos hubieran dependido de una sílaba mía, no habría podido pronunciarla. Percibí entonces un ligero ruido por entre la estiva, a pocos pasos de mí; este ruido se hizo después menos distinto, luego menos aún, debilitándose cada vez más. ¿Podré olvidar nunca aquellas sensaciones? Se marchaba, él, mi amigo, mi compañero, de quien tanto tenía derecho a esperar. ¡Se iba; trataba de abandonarme; se había marchado! ¡Quería, pues, dejarme morir miserablemente, expirar en la cárcel más horrible; una palabra, una sola sílaba podía salvarme, y esta sílaba única yo no la podía pronunciar! Experimenté más de diez mil veces, estoy seguro de ello, las torturas de la muerte. Dábame vueltas la cabeza, y caí mortalmente desfallecido junto al borde de la caja.

Al caer, el cuchillo de mesa se desprendió del cinto de mi pantalón y rodó por el suelo produciendo el ruido seco del hierro. ¡Nunca música alguna resonó tan deliciosamente en mi oído!

Con la inquietud más ardiente presté atención para percibir el efecto que el ruido hiciese en Augustus, porque sabía que no podía ser más que él la persona que pronunciara mi nombre. Durante algunos momentos todo siguió en silencio; pero después oí de nuevo la palabra ¡Arthur! repetida varias veces en voz baja y vacilante. La esperanza renaciendo en mí desató de pronto mi palabra encadenada, y grité con todas mis fuerzas:

—¡Augustus! ¡Oh! ¡Augustus!

—¡Silencio! ¡Por amor de Dios, callaos! —replicó con voz palpitante de agitación—. Soy con vos en seguida, tan luego como me haya abierto paso por la cala.

Durante algún tiempo le oí moverse por entre la estiva y cada momento me parecía un siglo. Al fin sentí su mano sobre mi hombro y aplicó al mismo tiempo sobre mis labios una botella llena de agua.

Unicamente los que hayan sido arrancados de pronto de las garras de la muerte o hayan sufrido los insoportables tormentos de la sed en circunstancias tan difíciles como las que me asediaban en mi lúgubre encierro, podrán apreciar las inefables delicias que me causó el agua aquella que bebí de un trago, aquel exquisito refresco, aquella voluptuosidad sin igual.

Cuando hube apagado poco a poco mi sed, Augustus sacó del bolsillo tres o cuatro patatas cocidas y frías que devoré con la mayor avidez. También traía luz en una linterna sorda y sus deliciosos rayos me produjeron tanta alegría como la bebida y el alimento. Pero estaba impaciente por saber la causa de su larga ausencia, y empezó a referirme lo que había sucedido a bordo durante mi encarcelamiento.

4. SUBLEVACION Y CARNICERIA

El bergantín se había hecho a la vela, según yo había adivinado, una hora próximamente después que Augustus me diera su reloj. Era entonces el 20 de junio. No habrá olvidado el lector que hacía ya tres días que estaba yo en la cala, y en todo este tiempo había habido a bordo mucho movimiento, un ir y venir tan constantemente en la cámara y en los camarotes de los oficiales, que mi amigo no podía venir a verme sin muy probable peligro de que se descubriera el secreto de la trampa.

Cuando pudo bajar le aseguré que seguía muy bien; en los dos días siguientes pensó poco en mí, atendida esta seguridad; pero espiando la ocasión de bajar, ocasión que no se le presentó «hasta el cuarto día». Muchas veces durante este intervalo había resuelto confesar la aventura a su padre y hacerme subir; pero estábamos aún próximos a Nantucket, y era de temer, a juzgar por algunas palabras que se le escaparon al capitán Barnard, que deshiciese inmediatamente el camino andado, si descubría que estaba yo a bordo. Por otra parte, meditando bien las cosas, Augustus, según me dijo, no podía imaginarse que yo experimentase ninguna necesidad urgente, o que vacilase en semejante caso en darle noticias mías por medio de la trampa, y así fue que acabó por hacerme esperar hasta haber hallado ocasión de venir a verme sin que le observaran.

Ya llevo dicho que la ocasión no se presentó hasta cuatro días después de haberme dejado el reloj, y el séptimo de mi instalación en la sentina. Entonces bajó sin traerme agua ni provisiones, sin más objeto que llamar mi atención y hacer que me dirigiera desde la caja a la trampa para subir al camarote y proveerme de lo que necesitara. Al bajar al indicado objeto, observó que estaba durmiendo, pues al parecer roncaba muy alto.

Según todas mis conjeturas, este sueño fue aquel malaventurado letargo en que caí luego de volver de la trampa con el reloj, sueño que debió durar por consiguiente «más de tres noches y tres días enteros» a lo menos. Muy recientemente había aprendido por experiencia propia y por testimonio ajeno los poderosos efectos soporíferos del olor del aceite añejo de pescado, cuando se le cierra herméticamente, y al pensar en el estado de la cala en la cual estaba preso y en el mucho tiempo que el bergantín llevaba de ballenero, me asombré más de que hubiese podido despertarme de tan peligroso sueño, que de haber dormido sin interrupción durante tantas horas.

Augustus me llamó al principio en voz baja y sin cerrar la trampa; pero yo no respondí. Cerró entonces y me dirigió la palabra en voz más alta, y al fin a gritos; pero yo continuaba roncando. Necesitaba algún tiempo para atravesar por entre los infinitos objetos estivados en la cala y llegar hasta mi escondite, y durante este tiempo su ausencia podía ser notada por el capitán Barnard que a cada momento tenía necesidad de sus servicios para poner en orden y copiar papeles referentes al objeto del viaje. En esta atención resolvió volver a subir y esperar otra ocasión para visitarme, ya que por otra parte mi sueño parecía de carácter muy tranquilo y no podía suponerse que hubiese experimentado la menor incomodidad en mi encierro.

Acababa precisamente de tomar este partido, cuando le llamó la atención un tumulto insólito que al parecer provenía del camarote, y se deslizó por la trampa a toda prisa, cerrándola y abriendo luego la puerta de su cuarto. Apenas había puesto el pie en el dintel cuando le dispararon un pistoletazo a quemarropa y fue derribado al suelo por un golpe de espeque que le dieron.

Una mano vigorosa le sujetaba echado y le apretaba con fuerza la garganta, pero podía ver lo que pasaba en torno suyo. Su padre atado de pies y manos estaba tendido cabeza abajo a lo largo de las gradas de la escalera con una herida profunda en la frente de donde corría la sangre como un arroyo, sin proferir una palabra y como moribundo. Sobre él se inclinaba el piloto, mirándole fijamente con una expresión de mofa diabólica y registrándole tranquilamente los bolsillos, de los cuales sacaba en aquel momento una gran cartera y un cronómetro. Siete hombres de la tripulación, entre ellos un negro, que era el cocinero, registraban los camarotes de babor en busca de armas, y muy pronto estuvieron todos provistos de fusiles y pólvora. Sin Augustus y el capitán Barnard, había nueve hombres en la cámara, los más bellacos de la tripulación. Estos subieron entonces al puente, llevando con ellos a mi amigo, después de haberle atado las manos a la espalda, y dirigiéronse al castillo de proa que estaba cerrado; dos revoltosos se colocaron a los lados, armados de hachas, otros dos junto a la escotilla, y entonces el piloto dijo gritando:

—Los de abajo, ¿me oís? Vamos, subid al

puente; uno a uno, ¿lo oís? Y cuidado con refunfuñar.

Pasaron algunos minutos sin que nadie se atreviese a subir; al cabo, un inglés que se había embarcado para hacer el aprendizaje, se dejó ver llorando lastimosamente, y suplicando al piloto con la mayor humildad que se sirviese perdonarle la vida. La sola respuesta a su súplica fue un terrible hachazo en la frente. El pobre muchacho rodó por el puente sin exhalar un gemido, y el cocinero negro lo tomó en sus brazos, como habría hecho con un niño, y lo echó tranquilamente al mar.

Después de haber oído el golpe y el ruido que el cuerpo hizo al caer, los hombres que estaban abajo negáronse absolutamente a subir; promesas y amenazas, todo fue inútil, hasta que uno propuso ahumarlos dentro. Hubo entonces un impetuoso arranque general de valor y pudo creerse por un instante que el bergantín iba a ser reconquistado; empero los revoltosos lograron cerrar otra vez sólidamente el castillo de proa, y sólo seis de sus adversarios pudieron echarse sobre cubierta. Estos seis viéndose con fuerzas inferiores y privados completamente de armas, se rindieron después de una corta lucha. El piloto les dio buenas palabras, sin duda para que los de abajo se sometiesen, puesto que podían oír fácilmente todo cuanto pasaba sobre cubierta; el resultado probó su sagacidad, tanto como su infernal perversidad.

Los marineros encerrados hasta entonces en el castillo de proa manifestaron deseos de rendirse, y subiendo uno a uno, fueron atados y tendidos de espaldas con los seis primeros, ascendiendo a veintisiete los hombres de la tripulación que no habían tomado parte en la revuelta.

A esto siguió una espantosa carnicería. Los marineros atados fueron conducidos a rastras hacia la obra muerta, junto a la que el cocinero armado con una hacha iba cortando la cabeza a cada víctima a medida que los otros bandidos la colocaban sobre el borde del buque. Veintidós perecieron de esta manera, y Augustus creía que le estaba reservada la misma suerte, viendo a cada momento que iba a llegarle el turno; pero parece que los miserables estaban o muy cansados o quizás algo disgustados de su sangrienta tarea, porque los cuatro últimos prisioneros, con mi amigo que había sido arrojado como los otros sobre cubierta, fueron perdonados por entonces, mientras el piloto mandaba a la cámara por ron, entregándose luego toda la horda de asesinos a un festín de borrachos que duró hasta ponerse el sol.

Comenzaron entonces a disputar sobre la suerte de los que aún vivían, los cuales tendidos a cuatro pasos de los asesinos, no podían perder una sola palabra de la discusión. Como si el licor hubiese producido un efecto de compasión en algunos de los revoltosos, se alzaron varias voces pidiendo la completa libertad de los prisioneros, a condición de que se adhiriesen a la sublevación y aceptaran los resultados de la misma. El negro cocinero, sin embargo, que era un demonio en toda la extensión de la palabra y que parecía ejercer tanta influencia, o acaso más, que el mismo piloto, se resistía a toda proposición de clemencia y se levantaba a cada instante para recobrar su oficio de verdugo. Felizmente estaba borracho en tales términos, que los menos sanguinarios de la horda, entre los que había un maestro cordelero llamado Dirk Peters, lograron contenerle.

Este hombre era hijo de una indiana de la tribu de los Upsarokas que ocupa las fortalezas de las Montañas Negras cerca del nacimiento del Missouri. Su padre era mercader de peleterías, según creo, o a lo menos tenía algunas relaciones con los puntos de comercio de las Indias en el río Lewis. Peters era uno de los hombres de aspecto más feroz que haya visto nunca; de estatura pequeña, pues sólo tenía cuatro pies y ocho pulgadas de alto, sus miembros parecían vaciados en la turquesa de un Hércules. Tenía particularmente las manos tan monstruosamente gruesas y anchas, que apenas conservaban forma humana. Los brazos, así como las piernas, estaban arqueados de la manera más singular y no parecían dotados de flexibilidad. La cabeza era también disforme, de un volumen prodigioso, con un dentellón en la parte más alta, como muchos negros, y enteramente calva. Para ocultar este defecto solía llevar una peluca, hecha con la primera piel que le venía a la mano, y que unas veces era de un perro faldero y otras de un oso pardo de América. En la época a que me refiero llevaba un pedazo de piel de oso, lo cual contribuía a la ferocidad natural de su fisonomía que conservaba el tipo del Upsaroka. La boca se extendía casi desde una a otra oreja; sus labios eran delgados y parecían, como otras partes de su cuerpo, desprovistos completamente de elasticidad, de modo que su expresión dominante no se alteraba nunca por la influencia de emoción alguna.

Puede formarse una idea de esta expresión habitual, figurándose unos dientes excesivamente largos y prominentes que los labios no cubrían nunca poco ni mucho. Mirándole ligeramente, se hubiera podido creer que la risa le había contraído la boca; pero un examen más detenido daba a comprender con temor que si aquella expresión era el síntoma de la alegría, aquella alegría no podía ser sino la de un demonio.

Contábanse un sinfín de anécdotas entre los marinos de Nantucket acerca de este ente singular, dirigidas todas a probar su fuerza prodigiosa cuando le dominaba alguna excitación, y decíase también que su juicio no estaba del todo sano; pero a bordo del *Grampus*, a lo que parece, en el momento de la sublevación, le habían considerado como un objeto de burla y nada más.

Si me he extendido hablando de Dirk Peters es porque, a pesar de toda su ferocidad aparente, fue el principal instrumento de salvación para Augustus y porque tendré frecuentes ocasiones para hablar de él en el curso de esta historia; historia que en su última parte, séame permitido decirlo, contendrá incidentes tan completamente extraños a los que registra la experiencia humana y tan fuera de los límites de la credulidad de los hombres, que la continúo sin esperanza de obtener crédito para todo lo que tengo que contar, confiando únicamente que el tiempo y los progresos de la ciencia confirmarán algunos de mis más importantes e inverosímiles asertos.

Después de una larga indecisión y de dos o tres disputas violentas, se convino en que los prisioneros, menos Augustus, a quien Peters se obstinó cómicamente en conservar para secretario suyo, serían abandonados a la deriva en uno de los más chicos botes balleneros.

El piloto bajó a la cámara para averiguar si el capitán Barnard vivía aún, pues ya recordará el lector que cuando los revoltosos subieron a cubierta, le habían dejado al pie de la escalera; y a los pocos momentos aparecieron los dos, pálido el capitán como la muerte, pero un tanto repuesto de los efectos de la herida. Habló a aquellos hombres con voz apenas inteligible, les suplicó que no le abandonaran a la deriva, sino que reconociesen sus deberes, prometiéndoles desembarcarlos donde quisieran y no hacer contra ellos gestión alguna para entregarlos a la justicia. Como si hubiese hablado al viento, dos de aquellos bribones le agarraron por el brazo y le echaron al bote que habían acercado al bergantín mientras el piloto bajaba a la cámara.

Los cuatro hombres que estaban tendidos sobre cubierta fueron desatados y recibieron la orden de embarcarse en el bote, lo que hicieron sin intentar la menor resistencia. Augustus seguía en su dolorosa posición, agitándose e implorando el triste consuelo de despedirse de su padre por última vez.

Luego dieron a aquellos desgraciados un puñado de galletas y un barril de agua; pero ni mástil, ni vela, ni remos, ni brújula. Después la embarcación fue remolcada durante algunos minutos, que los revoltosos emplearon en celebrar nuevo consejo, y al fin la abandonaron a su suerte.

Entretanto había llegado la noche, no se veía ni la luna ni las estrellas, y el mar se alborotaba por momentos a pesar de que la brisa no era fuerte. El bote se perdió de vista en seguida, y no cabía abrigar esperanzas para los desdichados que llevaba. El hecho ocurría a los 35° 30′ de latitud norte y 61° 20′ de longitud oeste, y por consiguiente a poca distancia de las Bermudas.

Augustus trató de consolarse pensando que el bote lograría tal vez llegar a tierra, o que se acercaría a ella lo suficiente para poder encontrar algún buque costero.

Se desplegaron todas las velas y el bergantín siguió su rumbo hacia el suroeste. Los sublevados se habían propuesto una expedición de piratería; tratábase, según Augustus había podido comprender, de apresar un buque que debía dirigirse desde las islas de Cabo Verde a Puerto Rico.

Ya no se cuidaron de Augustus, que fue desatado y pudo recorrer libremente desde proa hasta la escalera de la cámara. Dirk Peters le trataba con bondad y en cierta ocasión le salvó de la brutalidad del cocinero. Su posición seguía siendo triste y difícil, porque los tripulantes estaban constantemente borrachos, y no debía confiar mucho en su buen humor ni en la poca atención que les merecía. Me habló de la inquietud en que yo le tenía como del incidente más doloroso de su situación, y debo declarar que yo no tenía motivo alguno para dudar de la sinceridad de su afecto.

Más de una vez había resuelto revelar a los revoltosos el secreto de mi presencia a bordo; pero le detenían hasta cierto punto el recuerdo de las atrocidades de que había sido testigo y la esperanza de poder socorrerme muy pronto. Para conseguirlo estaba continuamente en acecho; pero a pesar de toda su vigilancia, pasaron tres días desde que habían abandonado el bote en medio del mar, sin que se presentase ocasión propicia. La tarde del tercer día una fuerte ráfaga del este obligó a todos los tripulantes a cargar velas, y la confusión que produjo dio tiempo a mi amigo para bajar sin ser visto y entrar en su camarote.

Júzguese de su dolor y espanto al descubrir que lo habían convertido en depósito de provisiones y del material de bordo, y que algunas brazas de cadenas viejas arrimadas antes bajo la escalera de la cámara habían sido retiradas para poder colocar una caja y se encontraban entonces sobre la misma trampa. Apartarlas sin ser descubierto era cosa imposible, y volvió a subir a cubierta a toda prisa.

El piloto al verle le asió de la garganta preguntándole qué había ido a hacer en el camarote, y se disponía a echarle al agua cuando Peters intervino y le salvó por segunda vez la vida. Pusiéronle entonces un par de esposas de las muchas que había a bordo, le ataron fuertemente los pies, luego le condujeron al camarote de la tripulación y le echaron en uno de los catres inferiores contra el tabique del castillo de proa, asegurándole que no pondría los pies sobre cubierta sino «cuando el bergantín dejara de ser bergantín». Así se expresó el cocinero al arrojarle en el catre; cual fuera el exacto sentido de estas palabras es imposible decirlo. Este incidente fue muy ventajoso para mí y a él debí socorro, como va a verse en lo que paso a referir.

5. TINTA ROJA

Cuando el cocinero hubo dejado el castillo de proa, Augustus se entregó por algunos momentos a la desesperación, creyendo no poder salir vivo de su catre, y resolvió informar de mi situación al primer hombre que bajase, pensando que valía más exponerme al riesgo de habérmelas con los revoltosos, que morir de sed en la cala, pues hacía ya días que estaba encarcelado y el barril sólo contenía provisión de agua para cuatro. Pensando en esto, se le ocurrió de pronto que tal vez podría comunicarse conmigo por la gran cala.

En cualquier otra ocasión, la dificultad y peligros de la empresa le habrían impedido intentarla; pero en aquel entonces tenía pocas esperanzas de vivir y por lo tanto poco que perder, y todos sus pensamientos se consagraron a esta nueva tentativa.

La primera cuestión que convenía resolver era la de las esposas. Al principio no halló medio de desembarazarse de ellas y temió que este obstáculo le impidiera seguir adelante; pero después de un examen más detenido, vio que podía fácilmente, comprimiendo las manos, sacarlas del hierro, sin mucho esfuerzo ni inconveniente, pues aquella especie de esposas eran insuficientes para sujetar los miembros de un joven cuyos huesos ceden fácilmente a la presión.

Entonces se desató los pies, y dejando la cuerda de manera que pudiese atarla de nuevo en caso de que algún marinero bajase, empezó a examinar el tabique en el punto por el que tocaba con el catre. La separación se debía a una tabla de abeto tierno, y comprendió que le costaría poco abrirse camino por ella. Sonó entonces una voz a lo alto de la escala del castillo de proa, y sólo tuvo el tiempo necesario para meter la mano derecha en la esposa, pues la izquierda no la había movido del hierro, y para echar a la cuerda un nudo corredizo con que sujetarse los pies. Era Dirk Peters que bajaba seguido de Tigre que saltó inmediatamente sobre el catre quedando echado en él.

Augustus, que sabía el cariño que tenía yo al perro, lo había llevado a bordo pensando que me alegraría de tenerle conmigo durante el viaje. Había ido a buscarlo a casa de mi padre luego de haberme encerrado en la sentina; pero no se acordó de decírmelo cuando me trajo el reloj.

Augustus le veía por primera vez después de la revuelta, apareciendo acompañado de Peters, y cuando creía que alguno de los bribones de la horda del piloto le habría echado al mar. El perro se había metido debajo de un bote de donde no había podido salir hasta que Peters le puso en libertad, llevándoselo a mi amigo con una bondad que Augustus agradeció, para que le hiciese compañía. El marinero, además del perro, le dejó un pedazo de carne salada, algunas patatas y un poco de agua; y luego subió otra vez al puente prometiendo volver al día siguiente con alguna cosa que comer.

Cuando se hubo marchado, sacó Augustus las manos de las esposas y se desató los pies; luego apartó el extremo del colchón en que estaba acostado, y con su cortaplumas, pues los sublevados habían creído inútil registrarlo, empezó a romper con todas sus fuerzas una de las tablas del tabique, lo más cerca posible del pavimento que estaba debajo del catre.

Eligió este sitio para que si le interrumpían con frecuencia pudiese ocultar el trabajo empezado dejando caer el colchón en su lugar ordinario; pero no le interrumpieron en todo el resto del día, y llegada la noche había cortado completamente la tabla. Debo advertir que los marineros desde el día de la sublevación no dormían en el castillo de proa, sino en la cámara de popa, bebiéndose el vino, consumiendo las provisiones del capitán Barnard y sin ocuparse en la maniobra del buque más que lo estrictamente necesario.

Estas circunstancias redundaron en provecho de Augustus y mío, porque sin ellas, le habría sido imposible llegar hasta mí, y prosiguió en su proyecto con la mayor confianza.

Al rayar el día no había terminado aún la segunda parte de su obra, esto es, la abertura a cosa de un pie debajo de la primera, pues trataba de practicarla con objeto de dirigirse fácilmente hacia el entrepuente. Al llegar allí, alcanzó con poca dificultad la escotilla inferior, aun cuando le fue preciso en esta operación trepar por encima de los rimeros de barricas de aceite que se levantaban hasta el sobrepuente y que apenas dejaban paso a su cuerpo. Al llegar a la escotilla, observó que Tigre le había seguido colándose entre dos hileras de barricas, pero era ya demasiado tarde para llegar hasta mí antes del día, y la principal dificultad consistía en atravesar toda la estiva en la segunda cala.

Disponíase, pues, a volverse y esperar la noche, y con este objeto empezó a levantar la escotilla. Así economizaba tiempo que después aprovecharía para llegar más pronto a mí; pero la había levantado apenas, cuando Tigre saltó sobre la angosta abertura, olfateó con impaciencia por espacio de un momento y luego exhaló un prolongado gemido, escarbando la tabla como si quisiera arrancar la trampa. Atendida esta actitud, era evidente que había conocido que me hallaba en la sentina, y Augustus pensó que el perro podría llegar hasta mí si le dejaba bajar.

Se le ocurrió entonces la idea de dirigirme el billete, porque ante todo era de desear que yo no hiciese ninguna tentativa para salir del escondite durante aquellas circunstancias, y además no tenía seguridad alguna de poder llegar hasta mí el día siguiente, como intentaba.

Los sucesos que siguieron probaron cuán feliz era la idea que se le había ocurrido, porque al no recibir el billete, indudablemente habría recurrido yo a algún plan desesperado para alarmar a la tripulación, y la consecuencia probable habría sido mi muerte y la de mi amigo.

Resuelto a escribirme, la dificultad estaba en procurarse medios de conseguirlo. Pronto se convirtió en pluma un mondadiente, y esta operación debió hacerla por instinto, pues el entrepuente estaba negro como la pez. La hoja exterior de una carta le proporcionó papel: era un ejemplar de la que habíamos supuesto escrita por Mr. Ross, el primer ejemplar, pues Augustus, creyendo que la letra no estaba bien imitada, había escrito otra, guardando por fortuna la primera en el bolsillo donde felizmente acababa de encontrarla. Sólo faltaba tinta, y luego halló el equivalente en una ligera incisión que se hizo con el cortaplumas al extremo del dedo encima de la uña, y, como sucede en todas las heridas hechas en semejante sitio, brotó de ella bastante sangre. Entonces escribió el billete tan legiblemente como era posible a oscuras y en aquellas circunstancias. Este billete me refería con brevedad que había habido a bordo una sublevación; que el capitán Barnard había sido abandonado en medio del mar; que podía contar con un socorro próximo por lo tocante a provisiones; pero que no debía arriesgarme a dar señales de vida. El billete terminaba con estas palabras: «Os escribo con sangre; manteneos oculto, vuestra vida depende de ello.»

Sujeta ya al perro la hoja de papel, Augustus le dejó escurrirse por la escotilla y se volvió como pudo al castillo de proa sin encontrar en éste indicio alguno de que se hubiesen apercibido de su ausencia. Para ocultar el agujero del tabique, clavó el cortaplumas encima y colgó de él un grueso capote de marinero que había encontrado en el catre. En seguida volvió a ponerse las esposas y a atarse la cuerda a los pies.

Acababa de tomar estas precauciones cuando bajó Peters completamente ebrio, pero de muy buen humor, y llevando a mi amigo comida para el día, esto es, una docena de patatas de Irlanda cocidas y una vasija de agua. El marinero se sentó junto al catre y durante algún tiempo estuvo hablando libremente del piloto y murmurando de las cosas de a bordo. Sus modales eran en extremo grotescos y hubo momentos en que Augustus se alarmó. Después volvió a subir al puente hablando entre dientes no sé qué palabras de llevar al día siguiente una buena comida a su prisionero.

Durante el día dos hombres de la tripulación, arponeros, bajaron acompañados del negro, los tres embriagados casi hasta más no poder, y lo mismo que Peters, no tuvieron escrúpulos en hablar de sus proyectos sin reticencia alguna. Parece que andaban divididos con respecto al objeto final del viaje y que sólo estaban de acuerdo sobre el proyecto de atacar al buque que venía de las islas de Cabo Verde que esperaban encontrar de un momento a otro.

Según pudo Augustus colegir, la revuelta no había sido producida únicamente por el deseo de conseguir botín; un pique particular del piloto contra el capitán Barnard fue el origen principal. Los revoltosos se dividieron luego en dos partidos, uno capitaneado por el piloto y el otro por el cocinero. El primero quería apoderarse del primer buque que se presentase a la vista y equiparlo en alguna del Caribe para emprender una expedición de piratería. El segundo, que era el más fuerte y contaba entre sus partidarios a Dirk Peters, trataba de seguir el rumbo primitivo del bergantín hacia el Pacífico sur para dedicarse a la pesca de la ballena, o a otra cosa según lo exigiesen las circunstancias.

El voto de Peters que había frecuentado aquellos mares tenía mucho valor para los sublevados que fluctuaban entre multitud de ideas erróneas de provecho y de placer. Peters insistía en las novedades y diversiones que hallarían en las innumerables islas del Pacífico, les prometía la mayor seguridad y la libertad completa que les esperaba en aquellos mares; les hablaba sobre todo de las delicias del clima, de los recursos abundantes para llevar buena vida y de la voluptuosa hermosura de las mujeres. Hasta entonces nada se había decidido; pero las descripciones del maestro cordelero tenían enardecida la imaginación de los marineros, y todas las posibilidades estaban a favor de su plan.

Los tres hombres se marcharon al cabo de una hora, y nadie bajó al castillo de proa durante el resto del día. Augustus se mantuvo quieto hasta la llegada de la noche en que se desembarazó de las esposas y la cuerda y se dispuso para la nueva tentativa.

Habiendo encontrado una botella en uno de los catres, le echó agua de la vasija que le había dejado Peters, y luego llenó sus bolsillos de patatas. Con la mayor alegría descubrió asimismo una linterna con un cabo de vela, el cual podía encender cuando le pareciese conveniente, porque conservaba una caja de fósforos.

Cerrada la noche, se escurrió por el agujero del tabique, teniendo la precaución de dejar los cobertores de manera que imitasen la forma de un hombre acostado debajo de ellos. Colgó de nuevo el capote de marinero para ocultar la abertura, trabajo que ejecutó fácilmente colocando el pedazo de tabla después de haber pasado, y se encontró entonces en el entrepuente, emprendiendo inmediatamente el camino, que ya había hecho el día antes, por entre las barricas de aceite hasta la escotilla mayor.

Llegado allí, encendió la vela y bajó a tientas y con la mayor dificultad por entre la compacta estiva de la cala. Pocos momentos después le alarmó la pesadez y mal olor de la atmósfera y creyó que no era posible que hubiese yo sobrevivido a tan largo encierro, obligado a respirar este aire sofocante.

Llamóme muchas veces por mi nombre; pero yo no respondí, confirmando mi silencio sus temores. El bergantín hendía impetuosamente las aguas, reinando en consecuencia un ruido tal, que era inútil querer percibir el de mi respiración o de mis ronquidos.

Abrió la linterna y la levantó todo lo posible, a fin de enviarme un rayo de luz que me diese a comprender, si aún vivía, que llegaba en mi auxilio; pero como yo no daba señales de vida, sus sospechas de que iba a encontrarme muerto se trocaron en certidumbre.

A pesar de todo, resolvió abrirse paso hasta mi caja para confirmar sin ninguna clase de duda sus fundados temores, y siguió andando lleno de ansiedad hasta que halló el camino completamente obstruido y sin medio de dar un paso más.

Vencido entonces por el dolor, se arrojó desesperado sobre un confuso montón de objetos, empezando a llorar como un niño, y en aquel instante oyó el ruido de la botella que yo había estrellado a mis pies, incidente mil veces dichoso, pues por más trivial que parezca, a él estaba atado el hilo de mi destino.

Mucho tiempo ha pasado sin que haya yo sabido este hecho; cierto rubor natural y el remordimiento de su debilidad y de su indecisión hicieron que Augustus no me confesara en seguida lo que una intimidad más profunda y sin reserva logró que me revelara más tarde.

Viendo el camino obstruido por obstáculos invencibles, tomó el partido de renunciar a la empresa y volverse al castillo de proa. Conviene antes de condenarle por esta resolución tener en cuenta las circunstancias aflictivas que le rodeaban. La noche avanzaba con rapidez; podían notar su ausencia del castillo de proa, si no regresaba a su catre antes del alba; el cabo de vela iba a consumirse por completo dentro de algunos momentos, y en las tinieblas no sin trabajo podía recorrer el camino hasta la escotilla. Fuerza es convenir, además, en que tenía razones muy poderosas para creerme muerto, en cuyo caso de nada me servía que llegase a la caja, y había para él muchos peligros que arrostrar inútilmente.

Me había llamado repetidas veces sin recibir contestación: llevaba ya once días y once noches sin más agua que la contenida en la vasija que me dejara, provisión que yo no había tratado de economizar al principio de mi encierro, abrigando la mayor confianza de salir pronto de él; el aire de la cala debió parecerle, comparado con el del castillo de proa, envenenado completamente y muy otro que lo que a mí mismo me pareciera al tomar posesión por primera vez de la caja, ya que las escotillas habían estado abiertas constantemente durante muchos meses. Hay que añadir a estas reflexiones que la escena de horror, la efusión de sangre de que mi compañero acababa de ser testigo, su reclusión, sus privaciones, la muerte suspendida sobre su cabeza y que de tan cerca había visto, su vida que debía a una especie de pacto tan débil como equívoco, eran circunstancias capaces de abatir la más grande energía, y que si se tienen en cuenta mueven a considerar su aparente falta de amistad más bien con tristeza que con indignación.

Augustus había oído el ruido de la botella; pero no estaba seguro de que proviniese de la sentina. La duda, sin embargo, le daba aliento para seguir la empresa, y trepó hasta el techo por medio de la estiva, hasta que aprovechando un momento de tregua del balanceo impetuoso del buque, me llamó a voz en grito, sin cuidarse del riesgo de que la tripulación le oyera.

Recordará el lector que en este momento oí sus voces; pero dominado por una agitación violenta, no pude responder. Persuadido entonces de que sus temores eran fundados, bajó con objeto de regresar al castillo de proa a toda prisa, arrastrando consigo en su precipitación algunas cajas pequeñas cuyo ruido percibí, como llevo dicho.

Había andado ya bastante camino para volverse, cuando la caída de mi cuchillo le hizo dudar de nuevo; retrocedió inmediatamente, trepando otra vez por la estiva, volvió a llamarme en alta voz, aprovechando un momento de tregua del balanceo del buque. Esta vez recobré el uso de la palabra, y Augustus, transportado de alegría, viendo que aún estaba vivo, resolvió arrostrar todas las dificultades y peligros para llegar hasta mí. Desembarazándose a toda prisa del horroroso laberinto que le rodeaba, llegó a un sitio más despejado, y finalmente, después de infinitos esfuerzos, pudo llegar a mi caja casi desmayado.

6. VISLUMBRE DE ESPERANZA

Mientras estuvimos junto a la caja, Augustus sólo me comunicó los principales hechos de esta relación; más tarde me contó los demás detalles. Por su parte temía que hubiesen notado su ausencia, y yo sentía el más ardiente deseo de abandonar mi detestada prisión. En su consecuencia resolvimos dirigirnos en seguida hacia el agujero del tabique, junto al cual debía yo quedarme y Augustus iría a reconocer el terreno. Abandonar a Tigre en la caja nos era muy sensible a entrambos; pero ¿podíamos obrar de otra manera? Este era el punto de la dificultad.

El perro parecía estar completamente tranquilo, y por más que aplicábamos el oído a la caja, no oíamos siquiera su respiración. Convencido de que había muerto, me decidí a abrir la puerta, y le hallamos tendido a lo largo, como sumido en un profundo estupor, pero viviendo aún. No teníamos tiempo que perder, y sin embargo, no me era posible resignarme a abandonar, sin intentar un esfuerzo para salvarle, a un animal que en dos ocasiones me había salvado la vida.

Con la mayor dificultad le arrastramos con

nosotros, viéndose obligado Augustus durante algún tiempo a trepar por los obstáculos que obstruían nuestro camino con el enorme perro en los brazos, esfuerzo y habilidad de que yo no hubiera sido capaz a causa de mi extremado desfallecimiento.

Por fin logramos llegar al agujero, por el que Augustus fue el primero en pasar, introduciendo detrás de él en el castillo de proa a Tigre. Todo iba bien, estábamos a salvo y dirigimos a Dios las más sinceras gracias por habernos librado de tan inminente peligro.

Decidimos que por el momento permanecería cerca de la abertura por la que podría fácilmente mi compañero entregarme parte de su comida diaria y donde tendría yo la ventaja de respirar un aire más puro que el de la cala.

Para aclaración de algunos puntos de este relato en el que he hablado tanto de la estiva del bergantín y que tal vez parezcan oscuros a aquellos de mis lectores que han visto una estiva bien hecha, debo advertir que la del *Grampus* era un vergonzoso ejemplo de descuido por parte del capitán Barnard, marino indolente y menos experimentado de lo que imperiosamente exigía el carácter peligroso del servicio que tenía a su cargo. Una verdadera estiva debe hacerse con el mayor método y cuidado, pudiendo asegurar por experiencia propia que los accidentes más desastrosos de los buques provienen muchas veces de la incuria o ignorancia con que se coloca el cargamento. Los buques costeros por la confusión y movimiento propios de la carga o de la descarga son los que más riesgo corren por desatender la estiva. Lo principal es no dejar al lastre o al cargamento la posibilidad de moverse por más fuertes que sean los ímpetus del mar, y para ello se ha de atender no sólo al cargamento, sino también a su naturaleza y a si es completo o parcial.

Generalmente la estiva se prepara por medio de un grillo, y si se trata de un cargamento de tabaco o harina, se prensa de tal modo en la caja del buque, que los barriles o sacos al ser descargados salen completamente aplastados y tardan algún tiempo en recobrar su forma primitiva. Este método sirve principalmente para obtener más sitio en la cala, porque con un cargamento «completo» de tabaco o de harina no puede haber mezcla entre mercaderías de distintas clases, y por lo tanto no hay peligro del movimiento de los sacos o bultos o no puede resultar ningún inconveniente grave. Es verdad que a veces el sistema de prensa por medio del grillo ha producido deplorables consecuencias, pero por una causa muy distinta del peligro de la mala colocación del cargamento. Es sabido, por ejemplo, que un cargamento de algodón, apretado y prensado en ciertas condiciones, puede por la expansión de su volumen abrir grietas en un buque ocasionando vías de agua. El mismo resultado daría el tabaco si se le oprimiera cuando está en fermentación, inconveniente que se salva con los intersticios que se forman naturalmente alrededor de los sacos o barriles que ocupa.

El peligro del movimiento es de temer cuando se embarca una parte de cargamento, y en este caso se han de tomar todas las precauciones para evitar desgracias. Los que han experimentado un violento ventarrón, o mejor, los que han sufrido el vaivén de un buque cuando la calma sucede de repente a la tempestad, pueden formarse una idea de la espantosa fuerza de las sacudidas. Entonces es cuando se reconoce la necesidad de que se estive con cuidado un cargamento parcial. Cuando un buque está a la capa, mayormente con poco velamen, si la proa no está bien construida, se echa con frecuencia la embarcación sobre un lado, por término medio cada quince o veinte minutos; pero sin consecuencias serias cuando la estiva está bien hecha. Si no se ha puesto en ésta un cuidado particular, al primer ventarrón todo el cargamento se echa hacia el lado que el navío tiene sobre el agua, y no pudiendo recobrar el equilibrio, como lo conseguiría sin este accidente, es seguro que hará aguas al poco tiempo y zozobrará. Puede afirmarse sin exageración que la mitad de los casos en que los buques se han ido a pique por recios temporales, debe atribuirse a desarreglo en el cargamento o en el lastre.

Cuando se carga una porción de mercancías de cualquier clase que sean, después de estivada tan compactamente como sea posible, se ha de cubrir con una capa de tablas movibles por todo lo ancho del buque y sobre éstas deben colocarse puntales que estriben en el techo al efecto de sujetar cada cosa en su lugar. Al cargar granos u otro género análogo, son precisas otras precauciones. Una cala llena enteramente de grano al dejar el puerto tendrá ocupadas únicamente las tres cuartas partes al llegar al punto de su destino, aun cuando medido el grano exactamente por el consignatario exceda de mucho, a causa de la hinchazón, a la cantidad consignada. Esto es efecto del amontonamiento durante el viaje, amontonamiento mayor o menor según el tiempo que el buque ha tenido en la travesía. Si el grano se ha cargado de una manera floja, por más sujeto que lo tengan las tablas movibles y los puntales, puede durante una larga travesía separarse considerablemente de su sitio y producir funestas consecuencias.

Para prevenirlas, conviene, antes de dejar el puerto, emplear todos los medios para amontonar el cargamento lo mejor posible, a cuyo objeto se conocen varios procedimientos, entre los cuales puede citarse el uso de clavar cuñas en el grano. A pesar de todas estas prevenciones, todo marino que conozca su oficio no estará muy tranquilo cuando arrecia de pronto el viento, si tiene a bordo un cargamento de granos, o lo que es peor, un cargamento incompleto. Hay, sin embargo, centenares de barcos costeros y también algunos que hacen largas travesías a varios puertos de Europa, que navegan diariamente con cargamentos parciales de los más peligrosos, sin tomar precaución alguna. A milagro puede atribuirse el que los naufragios no sean más frecuentes.

Un ejemplo triste de este descuido es el del capitán Joel Rice, comandante de la goleta el *FireFly* que hacía rumbo de Richmond (Virginia) a la isla de Madeira, con cargamento de cereales en 1825. El capitán llevaba hechos muchos viajes sin accidente grave, por más que tuviese la costumbre de cuidarse poco de la estiva y de limitarse a sujetar el cargamento según el método ordinario. Nunca había navegado llevando el grano a bordo, y en dicho viaje el trigo cargado flojamente ocupaba a poca diferencia la mitad del buque. Durante la primera parte del viaje no encontró más que brisas leves; pero a la distancia de un día de la isla de Madeira, asaltóle un ventarrón de nornordeste que le obligó a ponerse a la capa, dando la goleta al viento con una mesana y dos rizos y consiguiendo no hacer una sola gota de agua. Al anochecer la tempestad calmó un poco y la goleta empezaba a navegar con alguna regularidad cuando de repente una terrible oleada la echó sobre estribor. Oyóse entonces que todo el cargamento de trigo cambiaba de sitio en masa, siendo tal el ímpetu de la sacudida, que hizo saltar la escotilla, y el buque se hundió como una bala de plomo. Un barquichuelo de la isla que oyó los gritos de los náufragos, recogió al único de los marineros que pudo salvarse y que al parecer sabía sortear la tempestad cual pudiera hacerlo una embarcación hábilmente dirigida.

La estiva del *Grampus* era muy descuidada, si puede llamarse estiva un amontonamiento de objetos, una confusión de barricas de aceite (1) y de material de a bordo. Ya he hablado de la colocación de los objetos en la cala. Había bastante sitio para mi cuerpo entre el segundo puente y las barricas de aceite, y alrededor de la grande escotilla quedaba un espacio vacío, como también en otros puntos del lugar que debía ocupar el cargamento. Cerca de la abertura practicada por Augustus en el tabique del castillo de proa había sitio bastante para una barrica entera, y en este lugar me encontré instalado por de pronto con bastante comodidad.

En el tiempo empleado por mi compañero para llegar al catre y ajustarse las esposas y la cuerda, se había hecho de día. De buena habíamos escapado, porque apenas se había arreglado Augustus, cuando bajó el piloto acompañado de Peters y el cocinero. Hablaron un poco del buque que venía de Cabo Verde y al parecer su tardanza les tenía impacientes en exceso.

El cocinero se dirigió a la cama de Augustus y se sentó en ella, de modo que yo podía desde mi escondite verlo y oírlo todo, pues la tabla no había sido colocada en su sitio, temiendo a cada instante que el negro se apoyase contra el capote que ocultaba la abertura, en cuyo caso todo estaba descubierto. La fortuna, sin embargo, nos protegió, pues por más que varias veces el vaivén del buque le hiciese tocar el capote, nunca se apoyó lo necesario para que descubriera el agujero.

Entretanto, Tigre estaba al pie de la cama y

(1) Por lo regular los buques balleneros llevan tinas de hierro para el aceite, y nunca he podido averiguar la razón porque el "Grampus" no estaba provisto de ellas. (N. de A. G. P.)

parecía haber recobrado hasta cierto punto la vitalidad, porque de vez en cuando le veía abrir los ojos y respirar. Al cabo de algunos momentos el piloto y el cocinero subieron a cubierta, dejando detrás a Peters que se sentó en el mismo sitio que poco antes ocupara el piloto, y empezó a hablar con Augustus amistosamente, pudiendo nosotros observar que su embriaguez, mientras los otros dos estaban con él, sólo era aparente.

Respondió acorde a todas las preguntas que le hizo mi compañero, y le dijo que estaba seguro de que su padre había sido recogido, porque el día en que le abandonaron en medio del mar, antes de ponerse el sol, se distinguían cinco velas: en fin, empleó un lenguaje que procuraba fuese consolador y que me produjo tanta sorpresa como placer.

A decir verdad, empecé a concebir esperanzas de que Peters podría servirnos de instrumento para recobrar la posesión del bergantín, idea que comuniqué a Augustus tan pronto como se me ofreció ocasión.

Creyó que la esperanza era fundada; pero insistió en la necesidad de obrar con la mayor prudencia, porque la conducta del mestizo, a su modo de ver, no tenía más regla que el capricho y en verdad era difícil saber si estaba en su sano juicio.

Pero subió al puente al cabo de una hora, regresando al mediodía con una buena tajada de carne de buey salada y una porción de *pudding* para Augustus.

Cuando quedamos solos, tomé alegremente mi parte sin cuidarme de volver a atravesar el agujero.

Nadie bajó al castillo de proa durante el resto del día y por la noche me acosté en la cama de Augustus donde dormí profunda y deliciosamente hasta la aurora.

Entonces me despertó bruscamente en razón de haber oído ruido sobre cubierta y volví a mi escondite a toda prisa. Ya bastante entrado el día, vimos que Tigre había recobrado las fuerzas y que no daba ninguna señal de hidrofobia, pues bebió con avidez un poco de agua que Augustus le dio. Su extraña locura había sido promovida, sin duda, por los vapores deletéreos de la cala y nada tenía que ver con la hidrofobia,. de suerte que no me cansaba de felicitarme a mí mismo por no haberle dejado en la caja.

Estábamos a 30 de junio y hacía trece días que el *Grampus* había salido de Nantucket.

El día 2 de julio, el piloto bajó borracho como siempre, pero esta vez de buen humor: dirigióse a la cama de Augustus, y dándole una palmada en la espalda, le preguntó si se portaría bien en lo sucesivo si se le ponía en libertad, y si prometía no volver a la cámara. Como era natural, mi amigo contestó afirmativamente, y en seguida aquel tunante lo puso en libertad después de haberle hecho beber un trago de ron de una botella que sacó del bolsillo del paletó.

Luego subieron juntos a cubierta y en tres horas no volví a ver a Augustus.

Pasado este tiempo, bajó dándome la buena noticia de haber obtenido permiso para andar por el buque desde el palo mayor hasta proa y de que había recibido la orden de seguir durmiendo en la misma litera que hasta entonces. Además de la noticia me trajo una buena comida y la correspondiente provisión de agua.

El bergantín continuaba a la caza del buque que venía de Cabo Verde y en el horizonte veíase en aquel momento una vela que al parecer era la de la embarcación esperada.

Como quiera que los sucesos de los ocho días siguientes fueron de poca importancia y no tienen relación directa con los principales incidentes de mi historia, los apuntaré en forma de diario, porque a pesar de todo no quiero omitirlos.

3 de julio

Augustus me ha proporcionado tres cobertores con los cuales me he arreglado en mi escondite una cama.

Durante el día no ha bajado más que mi compañero.

Tigre, instalado en el catre junto a la abertura, ha dormido profundamente como si no estuviese aún repuesto de su enfermedad.

Por la tarde una repentina brisa ha sorprendido al bergantín, sin dar tiempo a amainar, y ha estado en poco que no zozobrara. La ráfaga ha calmado inmediatamente y no hemos tenido más avería que una vela de gavia rota por medio.

Dirk Peters ha tratado a Augustus, durante todo el día, con la mayor bondad, hablándole largamente del océano Pacífico y de las islas que había visitado en aquellos mares.

Le ha preguntado si le gustaría emprender con la tripulación sublevada un viaje de placer y de exploración en aquellas regiones, y le dijo que desgraciadamente los marineros iban inclinándose a la opinión del piloto.

Augustus ha creído prudente responder que tomaría parte con mucho gusto en la expedición; que no tenía asuntos que le llamaran a otra parte, y que todo era preferible a la vida de pirata.

4 de julio

El buque que se distinguía era un pequeño bergantín procedente de Liverpool y se le ha dejado seguir el viaje sin molestarle.

Augustus ha pasado la mayor parte del día sobre cubierta, con el fin de indagar las intenciones de los revoltosos. Han tenido varias y acaloradas disputas, y en lo más recio de una de ellas un arponero llamado Jim Bonner ha sido arrojado al mar. El partido del piloto ganaba terreno. Jim Bonner pertenecía al del cocinero, del que Peters forma también parte.

5 de julio

Con el alba nos ha venido del oeste una fuerte brisa que a eso del mediodía se ha convertido en tempestad, de modo que nos hemos quedado con la mesana y trinquetilla.

Al recoger una vela, Simms, uno de los marineros del partido del negro, cayó al mar; estaba muy borracho y se ahogó sin que se hiciera nada para salvarle.

El número total de tripulantes ha quedado reducido a trece, a saber: Dirk Peters, Seymour (el cocinero negro), Jones..., Greely, Hartman Rogers, y William Allen, todos partidarios del cocinero: el piloto, cuyo nombre nunca he sabido, Absalon Hicks... Wilson, John Hunt, y Richard Parker, éstos partidarios del piloto, y finalmente Augustus y yo.

6 de julio

La tempestad ha durado todo el día, acompañada de ráfagas y lluvia.

El bergantín ha hecho alguna agua, y una de las bombas no ha cesado de funcionar, trabajando Augustus en ella como los demás.

A la caída de la noche ha pasado cerca de nosotros un buque de gran porte que nadie ha visto sino cuando ya estaba al habla. Se cree que este buque era el que se estaba esperando. El piloto le habló con la bocina; pero la respuesta se perdió en el rugido de la tempestad.

A las once una grande oleada barrió el buque llevándose una parte considerable del maderamen de babor y causando otras ligeras averías. A la madrugada calmó el tiempo, y al salir el sol ya casi no corrría viento alguno.

7 de julio

Hemos tenido que sufrir todo el día una gruesa marejada. El bergantín en razón de su poca carga, se ha balanceado horriblemente, y según he podido oír desde mi escondrijo, muchos efectos de la cala se han separado del sitio que ocupaban. Me he mareado mucho.

Peters ha tenido hoy una larga conversación con Augustus, y le ha dicho que dos hombres de su partido, Greely y Allen, se habían pasado al del piloto, resueltos a hacerse piratas. Asimismo ha dirigido a Augustus varias preguntas que éste no ha comprendido claramente.

Durante parte de la noche se ha observado que el buque hacía mucha más agua, sin que hubiese medio de evitarlo, porque la bomba no bastaba y el mar entraba por las junturas. Se ha rellenado una vela debajo de proa, lo que nos ha sido de algún alivio, pues se ha cerrado la vía de agua.

8 de julio

Al salir el sol se ha levantado una brisa del este y el piloto ha mandado dirigir el rumbo al suroeste para arribar a alguna de las Antillas y poner en ejecución sus planes de piratería. Ninguna oposición le han hecho Peters ni el cocinero; a lo menos Augustus no lo ha observado.

El proyecto de apoderarse del buque procedente de Cabo Verde ha sido abandonado completamente.

La vía de agua se ha dominado con facilidad por medio de una bomba que funcionaba tres cuartos, de hora en hora. Se ha retirado la vela colocada debajo de la proa.

Se ha dado la voz a dos goletas de poco porte.

9 de julio

Buen tiempo. Todos los marineros se ocupan en reparar la avería de babor.

Peters ha tenido otra larga conversación con Augustus y se ha explicado con más claridad que antes. Le ha dicho que nada en el mundo le obligaría a secundar las ideas del piloto, y aun ha dejado entrever la intención de arrancarle el mando del buque. Ha preguntado a mi amigo si en este caso podría contar con él, a lo que Augustus ha contestado afirmativamente sin vacilar. Peters le ha dicho entonces que sondearía sobre este punto a los hombres de su partido, y se ha separado de mi compañero.

Augustus no ha tenido ocasión de volver a hablarle a solas en todo el resto del día.

7. COMPLOT

10 de julio

Hemos llamado a un bergantín procedente de Río de Janeiro, con destino a Norfolk.

Tiempo nublado con brisas inconstantes del este.

Hoy ha muerto Hartman Rogers: el día 8 fue atacado de un pasmo después de haber bebido un vaso de grog. Este hombre pertenecía al partido del cocinero y era quizá con quien más contaba Peters.

Este dijo a Augustus que, a su entender, el piloto le había envenenado, y que temía mucho que hiciese con él lo mismo, si no andaba con tiento.

En su partido, pues, sólo quedaban él, Jones y el cocinero, mientras que sus adversarios eran cinco.

Había hablado a Jones de su proyecto de quitar el mando al piloto, y viendo que no acogía su idea, se ha guardado de insistir y de hablar una palabra de ello con el cocinero.

Prudente, muy prudente anduvo, porque por la tarde el negro le manifestó su intención de pasarse al partido del piloto, y así lo hizo finalmente. Jones al mismo tiempo buscaba ocasión de tener disputas con Peters y le amenazaba con que enteraría al piloto de su proyecto.

No había tiempo que perder, y Peters reveló su resolución de apoderarse del buque a todo trance, si Augustus le ayudaba en la empresa. Este le prometió en seguida de todo corazón entrar en cualquier plan dirigido a este objeto, y pensando que la ocasión no podía ser más propicia, le reveló mi presencia a bordo.

El mestizo sintió tanta sorpresa como alegría, pues ya no podía contar con Jones, a quien consideraba como afiliado al partido del piloto.

Ambos bajaron inmediatamente. Augustus me llamó por mi nombre y pronto fuimos Peters y yo los mejores amigos del mundo.

Convinimos en que procuraríamos recobrar el buque a la primera ocasión favorable y que para nada admitiríamos a Jones en nuestro plan.

Si éste nos salía bien, nos dirigiríamos al primer puerto que se presentase y entregaríamos el buque a la autoridad.

Peters, a consecuencia de la traición de los suyos, se veía obligado a renunciar a su viaje al Pacífico, expedición que no podía hacerse sin marineros, y contaba con el indulto en razón de su demencia (pues nos juró solemnemente que sólo un rasgo de locura le había impulsado a tomar parte en la revuelta) o con el perdón en caso de que le declararan culpable, gracias a mi intercesión y a la de Augustus.

Nuestra deliberación fue interrumpida por los siguientes gritos del piloto:

—Todo el mundo a tomar rizos!

A estas voces Peters y Augustus acudieron al puente.

Como de costumbre, casi todos estaban borrachos, y antes de que pudiesen tomarse rizos, una fuerte ráfaga echó al bergantín sobre un lado;

pero luego volvió a levantarse, no sin tener embarcada mucha agua.

Apenas se habían ejecutado las reparaciones convenientes, cuando otra ráfaga y luego otra tumbaron el bergantín, pero sin ocasionarnos averías. A juzgar por las apariencias, íbamos a tener tempestad, y en efecto no se hizo esperar, pues el viento empezó a soplar con furia del norte y del oeste. Se amainó todo lo posible y nos pusimos a la capa, como es costumbre, con una sola mesana de rizos bajos. A medida que se acercaba la noche el viento era cada vez más recio y el mar se iba haciendo extraordinariamente grueso. Peters bajó entonces al castillo de proa con Augustus, y proseguimos la conferencia.

Ninguna ocasión podía ser más favorable que la que entonces se nos presentaba para llevar a cabo nuestro proyecto, atendido que no era de esperar una tentativa de aquella clase en semejantes circunstancias. Como el bergantín estaba a la capa, casi a palo seco, no había motivo para maniobrar hasta la vuelta del buen tiempo, y si el triunfo coronaba nuestra tentativa, podríamos tener de nuestra parte a uno o dos hombres para ayudarnos a fondear en algún puerto.

La principal dificultad consistía en la desigualdad de fuerzas. No éramos más que tres, y en la cámara había nueve, los cuales disponían de todas las armas que había a bordo, menos de un par de pistolas que Peters llevaba ocultas, y del gran cuchillo de marinero que nunca se apartaba del cinto de su pantalón.

Por otra parte, varios indicios nos daban a entender que el piloto abrigaba sospechas a lo menos con respecto a Peters, y que esperaba ocasión para deshacerse de él, porque no se encontraban ni hachas ni espeques en sus respectivos sitios. Se nos alcanzaba que no podíamos aplazar nuestro proyecto; pero eran tan inferiores nuestras fuerzas que era menester obrar con la mayor precaución.

Ofrecióse Peters a subir a cubierta y entablar conversación con Allen, que estaba de vigía, hasta que encontrase un momento oportuno para echarle al agua sin trabajo y sin hacer ruido: Augustus y yo debíamos subir en seguida y apoderarnos de las armas que encontrásemos en el puente; luego nos lanzaríamos juntos para apoderarnos del extremo superior de la escala de la cámara antes de que pudieran oponernos la menor resistencia.

Yo me opuse a este plan, porque creía que el piloto no era hombre que se dejase sorprender fácilmente. El hecho de tener un marinero de vigía sobre cubierta demostraba que el piloto estaba sobre aviso, pues sólo en los buques donde reina rigurosamente la disciplina, se suele tener un hombre de vigía cuando la embarcación está a la capa mientras arrecia el viento.

Como escribo sobre todo, sino especialmente para las personas que nunca han navegado, quizá no sea fuera de propósito explicar la situación exacta de un buque en semejantes circunstancias. Ponerse en facha y ponerse a la capa son maniobras a las que se acude por varias razones y que se ejecutan de diferentes modos. En tiempos blandos un buque suele ponerse en facha para detenerse cuando espera a otro o cualquiera otra cosa. Si la embarcación tiene entonces desplegadas todas las velas, la maniobra se ejecuta comúnmente braceando para ciar una parte del velamen, de modo que quede oculto al viento, y en ese caso la embarcación se detiene. Pero hablamos aquí de un buque a la capa durante una tempestad. Esta maniobra se ejecuta cuando se tiene viento contrario y cuando es tan fuerte que no se pueden desplegar velas sin peligro de zozobrar, y a veces también cuando hay ventolina, y el mar demasiado grueso impide que el buque pueda andar. Cuando una embarcación navega viento en popa con una grande marejada, sufre a menudo considerables averías a consecuencia del agua que entra por la popa y a veces también por las violentas cabezadas de la proa: en estos casos no se acude a semejante medio, como no sea por necesidad. Cuando un buque hace agua, se navega viento en popa por más gruesa que sea la mar, porque si se le pusiese a la capa, la fatiga ensancharía las junturas, al paso que huyendo delante del viento en popa, cuando la tempestad es tan deshecha que puede llevarse a trozos las velas, o cuando por una construcción viciosa u otro motivo no puede efectuarse la maniobra preferible (1).

Los buques se ponen a la capa durante la tempestad de diferentes modos, según su construcción particular. Algunos se mantienen muy bien a la capa con una mesana, que según creo es la vela que se emplea más comúnmente. Los buques de gran porte tienen velas expresas que se llaman de estay; pero a veces se sirven del foque solamente, o del foque con la mesana, o de una mesana con dos rizos o de las velas de popa. El *Grampus* empleaba comúnmente una mesana con dos rizos.

Para ponerse a la capa, se dirige el buque de manera que el viento llene la vela al atravesar diagonalmente la embarcación. Hecho esto, la proa se encuentra dirigida a algunos grados del punto de donde sopla el viento, y naturalmente

(1) El autor no hace mención del inminente peligro de dar la popa al viento cuando la tempestad es ciclónica, en cual caso, haciendo en popa, sea cual fuere el punto de la rosa náutica en que se halle el buque, irá a parar indefectiblemente al "focus" o vórtice del ciclón donde la salvación es punto menos que imposible. Estudiado el ciclón con gran posterioridad a la época en que Edgar Poe escribió esta interesante novela, no hay que extrañar que no trate el asunto conocidísimo actualmente de todos los que han estudiado las ciencias metereológicas entre los cuales se hallan, en primer lugar, los navegantes. (N. del T.)

recibe el choque de la marejada del lado del viento. En esta posición un buen buque puede soportar una gran tempestad sin hacer una gota de agua y sin que los tripulantes hayan de temerla mucho. Comúnmente se ata la barra; pero esto es completamente inútil, porque el timón no obra sobre un buque a la capa, y si la barra se ata es a causa del ruido molesto que produce cuando está libre, pues sólidamente atada, puede el ímpetu del mar llevarse el timón, si no tiene juego suficiente. Mientras dura la vela, un buque bien construido puede mantenerse en su posición y salvar todas las oleadas como si estuviese dotado de vida y de razón; empero si la fuerza del viento destrozase la vela, desgracia que generalmente sólo se debe a un verdadero huracán, entonces se correría inminente peligro. El buque en este caso se inclina bajo el viento, y presentándose de lado al mar, se encuentra completamente a merced de las olas. El único recurso que hay entonces es huir viento en popa, hasta que se haya podido tender otra vela. Hay buques que se ponen a la capa sin vela alguna, pero tienen que temer mucho las oleadas.

Dando fin a esta digresión y volviendo a la historia, diré que el piloto nunca había tenido costumbre de colocar vigías cuando el tiempo le obligaba a ponerse a la capa, y como entonces lo había colocado, esta circunstancia y la de haber desaparecido las hachas y los espeques nos daban a entender claramente que la tripulación estaba sobre aviso y que no la sorprenderíamos valiéndonos del medio sugerido por Peters.

Convenía, sin embargo, adoptar un plan sin pérdida de tiempo, porque era indudable que, habiendo Peters despertado sospechas, sería sacrificado en la primera ocasión, ocasión que seguramente se presentaría o que no dejarían de buscar.

Augustus emitió entonces la idea de que si Peters lograba solamente quitar, con cualquier pretexto, el montón de cadenas echadas sobre la trampa de la bodega, tal vez podríamos caer sobre ellos de improviso por el camino de la cala, pero una ligera reflexión nos convenció de que el bergantín balanceaba demasiado para acometer una empresa tan peligrosa.

Afortunadamente se me ocurrió la idea de despertar terrores supersticiosos en la conciencia culpable del piloto. Llevo referido que uno de los marineros, Hartman Rogers, había muerto aquella mañana, víctima de convulsiones que le atacaron dos días antes, después de haber bebido un vaso de grog. Peters nos dijo que a su entender aquél había sido envenenado por el piloto, y para creerlo así tenía, según se expresó, razones incontestables que nunca pudimos arrancarle, tenacidad muy propia de su carácter extraño. Pero hubiera o no motivos para sospechar del piloto, nos dejamos persuadir fácilmente por esta sospecha y resolvimos obrar con arreglo a sus inspiraciones.

Rogers había muerto a cosa de las once de la mañana, víctima de horribles convulsiones, y su cuerpo ofrecía algunos minutos después de su muerte el más espantoso y repugnante espectáculo.

El estómago se le había hinchado excesivamente, como el de un ahogado que ha permanecido muchas semanas debajo del agua; las manos habían experimentado la misma transformación, y el semblante arrugado, encogido y de una blancura lívida, mostraba en dos o tres puntos rosetas de un rojo encendido semejante a las de la erisipela. Una de estas manchas que se extendía diagonalmente tapaba todo un ojo, como una tira de terciopelo encarnado.

En este estado horroroso subieron de la cámara el cadáver para echarlo al mar, cuando el piloto viéndole por primera vez, acaso lleno de remordimientos o tan sólo de horror, dispuso que le cosieran en su hamaca y le dieran la sepultura común a los marinos.

Después de dar estas órdenes se retiró de cubierta como para no ver más a su víctima.

Mientras se hacían los preparativos para obedecerle, la tempestad había aumentado su furia, y por el momento abandonaron esta tarea. El cadáver quedó nadando en los imbornales de babor donde se hallaba en el momento de nuestra conferencia, moviéndose de uno a otro lado a cada vaivén del bergantín.

Adoptado el plan, nos decidimos a ponerlo en ejecución inmediatamente. Peters subió a cubierta, y según había previsto, encontró a Allen, que estaba apostado sobre el castillo de proa, más bien para espiarnos que para otra cosa; pero la suerte de este miserable quedó decidida pronta y silenciosamente, porque acercándose Peters a él con aire indiferente, como para hablarle, le cogió por la garganta, y antes que pudiera despedir un grito, le había arrojado al mar. Entonces nos llamó y subimos.

Nuestro primer cuidado fue mirar a todas partes para descubrir armas de cualquier clase, y para alcanzarlo nos adelantamos con mucha precaución, pues era imposible tenerse en pie un solo instante sobre cubierta, a menos de agarrarse a algún objeto, a causa de las oleadas que se estrellaban contra el buque a cada movimiento de la proa.

Era indispensable que obráramos vivamente; a cada paso creíamos ver subir al piloto para hacer funcionar las bombas, porque era cosa evidente que el bergantín estaba haciendo mucha agua.

Después de haber huroneado algún tiempo, no

encontramos nada más a propósito para nuestro objeto que los dos émbolos de las bombas, apoderándose Augustus de uno y yo del otro.

Después de haberlos escondido, despojamos al cadáver de su camisa y lo echamos al mar. Peters y yo volvimos a bajar dejando a Augustus de centinela en el puente, donde ocupó el sitio de Allen, pero vuelto de espaldas a la entrada de la cámara, para que si subía algún partidario del piloto creyese que era el vigía.

Luego de haber bajado, empecé a disfrazarme de la manera más conveniente para representar el cadáver de Rogers. La camisa que le habíamos quitado nos servía de mucho, porque era de un corte y carácter especial muy fácil de ser conocida, puesto que el difunto se la ponía sobre su vestido como una chaqueta azul de anchas listas blancas.

Me la puse, y luego me procuré un estómago postizo que aparentase la deformidad del cadáver, consiguiéndolo por medio de algunos cobertores; di a mis manos un parecido a las del muerto con unos mitones de lana blanca llenos de retazos, y Peters me pintarrajeó la cara con tiza, manchándola en algunos puntos con sangre que se hizo en el dedo, sin olvidarnos de la ancha tira encarnada que cubría el ojo y que me daba el aspecto más repugnante.

encontramos [illegible] y procedió para [illegible] que [illegible] de las bombas [illegible] y yo [illegible]

Después de haberme [illegible] del [illegible] cadáver de su camarada [illegible] Pedro y que habíamos [illegible] a Nápoles [illegible] el [illegible] de [illegible] de la cantina, para que [illegible] alguna parte [illegible] el viaje.

Luego [illegible] de la [illegible] para [illegible] el cadáver de [illegible] que [illegible] de [illegible] era de un [illegible] y [illegible] de [illegible] sobre su [illegible] de [illegible] blanca.

[illegible] que [illegible] y [illegible] de [illegible] de [illegible] algunos [illegible] de [illegible] la corazón [illegible] algunos puntos [illegible] que se [illegible] de la [illegible] y [illegible] el aspecto [illegible]

8. UNA APARICION

Cuando me vi en un pedazo de espejo que estaba fijo en la pared, a la opaca luz de un farol de combate, mi fisonomía y el recuerdo de la espantosa realidad que representaba me llenaron de horror, y empecé a temblar, pudiendo apenas recobrar la energía necesaria para seguir la farsa. Era indispensable, sin embargo, obrar con decisión y a este fin subí con Peters al puente.

Allí vimos que no había ocurrido novedad, y deslizándonos a lo largo de la pared del buque, nos dirigimos a la escalera de la cámara. La entrada estaba entreabierta y en el primer escalón había dos troncos colocados para evitar que la puerta fuese cerrada de pronto por la parte exterior.

Sin dificultad pudimos ver el interior de la cámara. Habíamos hecho bien en no atacarles por sorpresa, porque evidentemente estaban sobre aviso. Sólo uno dormía tendido al pie de la escalera, con un fusil al lado. Los otros estaban sentados en los colchones que habían quitado de las camas, y conversaban muy seriamente sin estar tan borrachos como de costumbre a pesar de verse aquí y allá botellas vacías y vasos de estaño. Todos llevaban pistolas y tenían al alcance de la mano muchos fusiles colocados en un catre.

Por algún tiempo tratamos de oír su conversación, antes de decidir lo que habíamos de hacer, no habiendo resuelto hasta entonces otra cosa sino que en el momento del ataque intentaríamos paralizar su resistencia con la aparición de Rogers.

Estaban discutiendo sus planes de piratería, y todo lo que pudimos oír fue que se reunirían con la tripulación de la goleta *Hornet*, empezando, si era posible, por apoderarse de la misma goleta, como introducción a empresas más vastas; pero ninguno de nosotros pudo comprender una palabra de los pormenores del plan.

Uno de los marineros habló de Peters; el piloto le respondió en voz baja sin que le pudiéramos entender; luego añadió en tono más alto «que no sabía lo que Peters tenía que hacer con el hijo del capitán y que era preciso que los dos fuesen echados al mar lo más pronto posible». Nadie contestó a estas palabras; pero pudimos comprender que la insinuación era bien acogida por los revoltosos y especialmente por Jones.

Mi agitación crecía observando que Augustus y Peters no sabían qué resolver, hasta que dominándome, decidí vender mi vida lo más cara posible y vencer toda clase de temores.

El ruido espantoso causado por el rugido del viento y por las olas que barrían el puente nos impedía oír lo que se hablaba en la cámara, salvo unos cortos momentos de calma.

En uno de estos intervalos oímos claramente que el piloto encargaba a uno de los marineros «que fuese a proa y mandase bajar a la cámara a aquellos perros, porque allí podría tenerles el ojo encima, y que no permitía secretos a bordo del bergantín».

Afortunadamente para nosotros, el balanceo de proa a popa era tan fuerte en aquel momento, que la orden no pudo ejecutarse en seguida. El cocinero se levantó del colchón para ir a nuestro encuentro, cuando una ráfaga tan terrible que creí que iba a desarbolarnos, le hizo dar de cabeza contra la puerta de un camarote de babor, de modo que la abrió con la frente, lo cual aumentó el desorden.

Ninguno de nosotros había caído y tuvimos tiempo para retirarnos precipitadamente hacia el castillo de proa y para improvisar un plan de acción, antes de que el mensajero apareciese, o sacase la cabeza fuera de la abertura de la escalera, porque no subió al puente.

Desde el punto en que se hallaba no podía notar la ausencia de Allen, y por consiguiente creyendo que seguía en su puesto, le llamó a gritos y le transmitió la orden del piloto. Peters respondió disfrazando la voz, y el cocinero volvió a bajar, persuadido de que a bordo no había novedad.

Mis dos compañeros dirigiéronse entonces a la popa y bajaron a la cámara, cerrando Peters la puerta tal como la había encontrado. El piloto les recibió con aparente cordialidad, y dijo a Augustus, que ya que se había portado tan bien, podía instalarse en la cámara y considerarse en adelante como uno de los suyos. Luego le echó medio vaso de ron y le obligó a beber.

Yo oía y observaba todo esto, pues había seguido a mis amigos hacia la cámara luego que la puerta se hubo cerrado, y me volví a colocar en mi primer sitio de observación: conmigo había llevado los dos émbolos de bomba, teniendo escondido uno junto a la abertura de la escalera y al alcance de mi mano.

Entonces procuré colocarme de modo que oyese todo lo que hablaban en la cámara y me esforcé en reunir mi voluntad y mi valor para presentarme a los revoltosos tan pronto como Pedro me hiciese la señal convenida. Este hizo girar la conversación sobre los sangrientos episodios del motín y gradualmente condujo a aquellos hombres a hablar de las mil supersticiones tan generalmente en boga entre los marinos.

Yo no oía todas sus palabras; pero veía fácilmente el efecto que la conversación producía en las fisonomías de los circunstantes. El piloto estaba muy agitado, y cuando uno de los marineros habló del horroroso aspecto del cadáver de Rogers, creí que iba a caer desmayado. Pero le preguntó entonces si no creía que era mejor arrojarle al agua que dejarle sobre cubierta al vaivén de las aguas, y a esta pregunta el miserable respiró convulsivamente, paseando al mismo tiempo sus miradas en torno suyo, como suplicando a alguno de sus compañeros que subiese a desempeñar la desagradable tarea de echar el cadáver al agua. Como nadie se meneó, era evidente que todos se hallaban en el más alto grado de excitación nerviosa. Peters me hizo la señal, y abrí inmediatamente la puerta, bajando sin pronunciar una palabra y plantándome de repente en medio de la horda.

El prodigioso efecto de esta súbita aparición no debe sorprender a nadie, si se tienen en cuenta las distintas circunstancias en que tuvo lugar. Regularmente en casos semejantes queda el ánimo del espectador fluctuando sobre la realidad de la visión que tiene delante; hasta cierto punto conserva una esperanza de que es víctima de una alucinación y que el aparecido no es en realidad un habitante del país de las sombras. Puede afirmarse que esta duda tenaz ha acompañado siempre a las apariciones de esta clase y que el horror profundo que muchas veces han producido debe atribuirse en todos los casos al pánico anticipado, al miedo de que la aparición «sea real», más bien que a una firme creencia en su realidad. Pero en el caso presente no podía haber en el ánimo de los revoltosos la menor razón para dejar de creer que la aparición de Rogers fuese la resurrección de su cadáver, o cuando menos su imagen incorpórea.

La posición aislada del bergantín y la imposibilidad de dirigirse a la costa a causa de la tempestad restringían los medios posibles de ilusión en tan estrechos límites, que los abarcaron todos de una mirada. En los veinticuatro días que llevaban de navegación no se habían comunicado con ningún buque, a excepción del que habían saludado con la bocina. Toda la tripulación, o por lo menos, todos los que creyendo formarla por completo estaban a mil leguas de sospechar que hubiese a bordo otra persona, estaba reunida en la cámara a excepción de Allen, y en cuanto a éste, era de estatura muy alta para que nadie creyese que él era la terrible aparición. Añádanse a estas consideraciones el carácter horroroso de la tempestad y el de la conversación suscitada por Peters, la impresión profunda que el aspecto del verdadero cadáver produjera por la mañana en la imaginación de aquellos hombres, la perfección de mi disfraz y la luz vacilante e incierta del farol de la cámara oscilando violentamente con el buque y lanzando sobre mí sus dudosos y trémulos rayos, y no parecerá sorprendente que el efecto de la supercheria fuese mucho mayor de lo que habíamos podido esperar.

El piloto se levantó sobre el colchón en que estaba tendido, y sin proferir una sílaba volvió a caer de espaldas y exánime sobre el pavimento, y un balanceo le arrojó a un lado como un leño.

De los siete restantes, sólo tres demostraron alguna serenidad; los otros cuatro permanecieron sentados como si hubiesen echado raíces en el suelo; eran las víctimas más lamentables del horror y de la desesperación que haya visto nunca.

La única resistencia nos la opusieron el negro, John Hunt, y Richard Parker; pero su defensa fue débil y poco decidida. Los dos primeros cayeron inmediatamente bajo los golpes de Peters, y con el émbolo que llevaba conmigo derribé a Parker de un golpe en la cabeza. Al mismo tiempo Augustus se apoderó de uno de los fusiles que había en el suelo y lo descargó en el pecho de Wilson. Sólo quedaban tres; pero habiéndose recobrado de su estupor, empezaban a conocer que habían sido víctimas de una estratagema, y se lanzaron a la pelea con tanta furia y resolución, que sin la prodigiosa fuerza muscular de Peters, hubieran acabado con nosotros. Estos tres hombres eran Jones, Greely y Absalon Hicks.

Jones, después de derribar a Augustus, le había ya herido en varias partes del brazo derecho, y sin duda hubiera acabado con él, porque Peters y yo no podíamos desembarazarnos inmediatamente de nuestros adversarios, sin un amigo, con cuya asistencia no habíamos contado, no hubiera venido muy oportunamente en su ayuda. Este amigo no era otro que Tigre. Lanzando un sordo aullido, saltó a la cámara en el momento más crítico para Augustus, y echándose sobre Jones, le sujetó sobre el pavimento. Mi amigo, empero, estaba tan gravemente herido, que no podía socorrernos, y yo sujeto con el disfraz, servía para poca cosa.

El perro seguía sin soltar a Jones; Peters bastaba para acabar con los dos hombres que quedaban, y habría dado cuenta de ellos más pronto, a poder moverse en un espacio menos estrecho y a no balancear tanto el buque. Apoderóse de uno de los taburetes que rodaban por el suelo y con él hundió el cráneo de Greely en el momento en que éste iba a descargarme su fusil, y como un vaivén del bergantín le lanzó sobre Hicks, agarróle por el cuello y le estranguló instantáneamente con las manos. Así, en menos tiempo del que se necesita para contarlo, nos encontramos dueños del buque.

El único de nuestros adversarios que había quedado vivo era Richard Parker. Ya he dicho que al principio del ataque le había aturdido de un golpe que le di con el émbolo. Yacía inmóvil en el suelo; pero habiéndole dado Peters con el pie, recobró la palabra y pidió perdón. Sólo tenía una leve lesión en la cabeza y no estaba herido en ninguna otra parte. Levantóse y por lo pronto le atamos las manos a la espalda.

El perro seguía sujetando a Jones, gruñendo con furor; pero mirando atentamente a éste, vimos que había muerto: un río de sangre brotaba de una herida profunda que en la garganta le habían hecho los agudos dientes del animal.

Era la una de la madrugada y el viento seguía soplando de una manera horrorosa. El bergantín se cansaba visiblemente mucho más que de costumbre y era preciso hacer algo para aligerarle. Casi a cada vaivén embarcaba una ola y algunas habían entrado en la cámara durante la lucha, porque yo al bajar había dejado abierta la escotilla. El mar se había llevado la pared de babor, así como los hornillos y el bote de popa. Los crujidos y las vibraciones del palo mayor nos manifestaban que iba a ceder muy pronto. Para dar más espacio a la estiva en la cala de popa, el pie de este mástil se había fijado en el entrepuente, método execrable a que acuden con frecuencia los constructores ignorantes, de suerte que corría gran riesgo de salirse del punto de apoyo. Para colmo de desgracia, al sondear el buque, encontramos que había en él más de siete pies de agua.

Dejamos los cadáveres en la cámara y nos

dirigimos inmediatamente a hacer funcionar las bombas, desatando a Parker para que nos ayudara en este trabajo. Vendamos el brazo de Augustus lo mejor que pudimos, esto es, muy poco. Observamos, sin embargo, que por medio de la bomba lográbamos sujetar la vía de agua e impedir que aumentase. Como no éramos más que cuatro, el trabajo era pesado; pero no nos dejamos abatir, esperando con inquietud la aurora, en la confianza de aligerar el bergantín cortando el palo mayor.

Así pasamos una noche llena de ansiedad y fatiga horribles: cuando en fin apareció el día la tempestad no había calmado y no daba señales de cesar.

Entonces subimos los cadáveres al puente y los echamos al mar. En seguida tratamos de desembarazarnos del mástil, y después de los preparativos necesarios, Peters, que había encontrado las hachas en la cueva, lo cortó, mientras nosotros cuidábamos de los estays y de las cuerdas que lo sujetaban.

En el instante de correr el bergantín a sotavento se dio la señal de cortar las cuerdas, y hecho esto, toda aquella masa de madera y aparejos cayó al mar y aligeró el buque sin causarnos avería notable.

Entonces vimos que el buque se fatigaba menos que antes; pero nuestra situación seguía siendo extraordinariamente precaria, y a pesar de los mayores esfuerzos, no podíamos sujetar la vía de agua sin la ayuda de las dos bombas.

Los servicios que Augustus podía prestarnos eran del todo insignificantes. Para mayor desgracia, una ola enorme echó el buque fuera del viento, y antes de que pudiese recobrar su posición, otra ola le hirió de lleno y le hizo rodar sobre el costado. Entonces el lastre se desprendió en masa. Por lo que hace a la estiva, hacía tiempo que rodaba por la sentina, y durante algunos segundos creímos que inevitablemente íbamos a zozobrar.

Sin embargo, nos levantamos un tanto, pero el lastre continuaba a babor, y el buque navegaba tan a la banda, que era inútil hacer funcionar las bombas, lo cual por otra parte tampoco podíamos hacer ya por mucho tiempo, en razón de tener las manos ulceradas por el excesivo trabajo y chorreando sangre.

A pesar de la opinión de Parker, empezamos a cortar el palo mesana, lo que conseguimos por último con mucha dificultad, a causa de nuestra posición inclinada. Al deslizarse al mar arrastró consigo el bauprés y dejó el bergantín reducido a un simple pontón.

Hasta entonces habíamos podido alegrarnos de conservar la chalupa que no se habían llevado los golpes de mar; pero la alegría duró poco, porque habiendo faltado a un tiempo el mástil de mesana y la mesana que sostenían un poco el buque, cada ola venía a estrellarse completamente sobre nosotros, y en cinco minutos el puente quedó barrido de uno a otro extremo; el mar se llevó la chalupa, la pared de estribor, y el molinete quedó hecho pedazos. Ya casi era imposible vernos reducidos a estado más deplorable.

Al mediodía tuvimos una ligera esperanza de ver disminuir la tempestad, pero nos engañamos cruelmente, porque si se calmó por algunos momentos fue para arreciar con más furia.

A las cuatro de la tarde era tan intensa que ya era imposible tenerse de pie, y cuando llegó la noche yo no abrigaba ni un resto de esperanza. Estaba persuadido de que el buque no podría sostenerse hasta la mañana siguiente.

A medianoche el agua nos había invadido considerablemente y llegaba hasta el entrepuente. Poco tiempo después perdimos el timón, y el golpe de mar que se lo había llevado levantó toda la popa fuera del agua, de suerte que al volver a caer el bergantín, dio una sacudida semejante a la de un navío que encalla. Todos habíamos creído que el timón resistiría porque era muy fuerte y estaba colocado de modo que nunca había visto otro igual hasta entonces ni lo he visto después. A lo largo de su pieza principal se extendía una serie de fuertes corchetes de hierro y otra semejante a lo largo del estambor. Por entre estos corchetes pasaba una barra de hierro forjado, y de este modo, unido el timón al estambor, giraba libremente sobre la espiga.

La fuerza terrible del mar que lo había arrebatado puede calcularse por el hecho de que arrancó todos los corchetes del estambor de arriba abajo.

Apenas habíamos tenido tiempo de respirar después de esta violenta sacudida, cuando una de las olas más espantosas que jamás he visto se estrelló a plomo sobre nosotros, llevándose la escalera de la cámara, hundiendo las escotillas e inundando el buque con un verdadero diluvio.

9. PESCANDO VIVERES

Afortunadamente, antes de llegada la noche nos habíamos amarrado los cuatro a los despojos del molinete y estábamos tendidos sobre cubierta. Esta precaución nos salvó la vida. El inmenso peso del agua que habíamos recibido nos dejó aturdidos y casi anonadados.

Luego que pude respirar, llamé en alta voz a mis compañeros, y solamente Augustus me respondió:

—Estamos perdidos; Dios tenga piedad de nuestras almas.

Al cabo de algunos instantes los dos marineros pudieron hablar y nos exhortaron a tener ánimo, diciendo que aún había esperanza, que era imposible que el bergantín se fuese a fondo, en razón a la clase de cargamento que llevaba, y que todo hacía creer que la tempestad se disiparía por la mañana.

Estas palabras me devolvieron la vida, pues aunque era evidente que un buque cargado de barricas vacías no podía hundirse, tenía el ánimo tan turbado, que no se me ocurrió esta reflexión, y el peligro de zozobrar era el que desde algún tiempo creía el más inminente.

Sintiendo renacer la esperanza, aproveché todas las ocasiones para reforzar las amarras que me sujetaban a los restos del molinete, y observé luego que mis compañeros habían tenido la misma idea y hacían otro tanto. La noche no podía ser más oscura, y es inútil tratar de describir el ruido y el caos de que estábamos rodeados. Nuestro puente estaba al nivel del mar; o mejor dicho, estábamos cercados de una montaña de espuma que a cada instante nos pasaba por encima. No exageraré si digo que nuestras cabezas estaban, de tres segundos, uno debajo del agua.

Aun cuando estábamos tendidos unos cerca de otros, no podíamos vernos ni distinguíamos la más pequeña parte del bergantín en el cual yacíamos tan tristemente abandonados. Por intervalos nos llamábamos unos a otros, esforzándonos por mantener así la esperanza y dar algún ánimo al que más necesidad tenía de ello.

El estado de debilidad de Augustus era objeto de inquietud para los demás, y como teniendo el brazo derecho herido, debía serle imposible sujetarlo bien a la amarra, creíamos a cada momento que le iban a arrebatar las olas. En cuanto a socorrerle, era absolutamente imposible.

Por fortuna el sitio que ocupaba era más seguro que el nuestro, porque la parte superior de su cuerpo estaba resguardada por un pedazo de molinete y las olas al caer sobre él habían perdido ya gran parte de su fuerza. En cualquier otra posición que ésta, indudablemente hubiera muerto antes de amanecer.

El bergantín, como ya he dicho, daba mucho a la banda, y gracias a esto, estábamos menos expuestos a ser arrebatados por el mar. El buque se inclinaba por la parte de babor y la mitad del puente poco más o menos quedaba constantemente debajo del agua; por consiguiente las olas que nos embestían a estribor se estrellaban en el costado del buque y sólo conseguían salpicarnos, y en cuanto a las que venían por babor nos atacaban por la espalda, y tendidos como estábamos, presentando el menor volumen posible, no podían arrancarnos de las amarras.

En esta horrorosa situación permanecimos hasta que el día vino a ponernos de manifiesto más claramente todos los peligros que nos rodeaban.

El bergantín no era más que un leño que rodaba acá y allá a merced de las olas; seguía arreciando la tempestad, reinaba el huracán, y no veíamos esperanza alguna de salvación.

Durante algunas horas guardamos silencio, temiendo a cada instante que cediesen las amarras, que el mar arrebatase los trozos del molinete, que una de las enormes olas que rugían en torno nuestro, encima de nosotros, en todos sentidos, hundiese el casco tan profundamente, que nos ahogáramos antes de que se remontase a la superficie.

La misericordia divina nos preservó de estos inminentes peligros y a eso del mediodía recibimos la bendita luz del sol. Poco tiempo después observamos que disminuía la fuerza del viento, y por primera vez, desde la noche anterior, Augustus habló y preguntó a Peters, que estaba tendido contra él, si había alguna esperanza de salvación. Como el mestizo dejó de contestar, creímos que se había ahogado; pero muy pronto con grande alegría nuestra habló, aunque con voz muy débil, diciendo que padecía mucho, que las cuerdas le estaban cortando el estómago y que era preciso aflojarlas o morir, porque le era imposible sufrir por más tiempo aquel tormento. Gran pena nos causaron estas palabras, pues no podíamos ni siquiera pensar en socorrerle en tanto que el mar siguiese estrellándose sobre nosotros. Le exhortamos a soportar con valor sus padecimientos, y le prometimos aprovechar la primera ocasión que se presentase para aliviarle. Nos respondió que muy pronto sería tarde; que moriría antes de que pudiésemos socorrerle; y después de haber gemido durante algunos minutos, recayó en su silencio y creímos que había muerto. Al acercarse la noche el mar se calmó considerablemente; apenas venía cada cinco minutos una ola a estrellarse contra el casco por la parte del viento; éste también había calmado mucho, si bien continuaba muy fresco. Hacía ya algunas horas que no había oído hablar a ninguno de mis compañeros y llamé a Augustus. Me respondió, pero tan débilmente, que no pude entender lo que decía. Entonces llamé a Peters y a Parker, pero ninguno me contestó.

Poco tiempo después caí en una semiinsensibilidad, durante la cual flotaron por mi mente las imágenes más risueñas, como árboles llenos de verdura, campos magníficos de ondulante trigo en sazón, procesiones de jóvenes bailarinas, soberbios escuadrones de caballería y otros fantasmas. Recuerdo ahora que en todo lo que desfilaba delante la vista de mi espíritu el «movimiento» era la idea predominante. No vi nunca un objeto inmóvil, como una casa, una montaña, u otro del mismo género; sino molinos de viento, buques, pájaros grandes, globos aerostáticos, jinetes, carrüajes que corrían con furiosa velocidad y otros objetos movibles que se presentaban ante mí y se sucedían interminablemente.

Al salir de tan singular estado, el sol, según pude calcular, hacía ya una hora que había aparecido. Con gran trabajo recordé las diferentes circunstancias de mi situación, y durante algún tiempo estuve firmemente convencido de que seguía aún en la cala del bergantín, junto a la caja, creyendo que el cuerpo de Parker era el de Tigre.

Cuando hube recobrado completamente el

sentido, observé que el viento no era más que una brisa muy suave y que el mar estaba relativamente sosegado, de modo que ya no barría el casco. Mi brazo izquierdo había roto sus ataduras y hacia el codo estaba gravemente lastimado; el derecho padecía una completa parálisis, y así la mano como la muñeca estaban hinchadas por la presión de la amarra. También me hacía padecer mucho otra cuerda que nos rodeaba el cuerpo y que se había apretado de un modo insoportable.

Mirando a mis compañeros, vi que Peters vivía todavía a pesar de que una cuerda que le rodeaba el cinto le tenía tan cruelmente sujeto, que parecía haberle partido en dos. Al ver que me movía, me hizo un ligero gesto con la mano indicándome la cuerda.

Augustus no daba señales de vida y se hallaba casi doblado en dos sobre un resto del molinete. Parker me preguntó, al observar que me movía, si conservaba aún fuerzas suficientes para librarle de su posición, diciéndome que si quería reunir toda mi energía y lograba desatarle, todavía podríamos salvarnos, pero que de lo contrario pereceríamos sin remedio.

Le contesté que tuviese ánimo y que me disponía a libertarle. Buscando en el bolsillo del pantalón, encontré mi cortaplumas, y después de varias tentativas infructuosas logré abrirlo. Entonces con la mano izquierda desaté el brazo derecho y corté en seguida las demás cuerdas que me sujetaban; pero al moverme para cambiar de sitio, noté que las piernas me flaqueaban enteramente y no podía levantarme, siéndome también imposible menear el brazo derecho.

Se lo hice observar a Parker, quien me aconsejó que no me moviera durante algunos minutos, y que me apoyara en el molinete con la mano izquierda para dar tiempo a que circulara la sangre.

Con efecto, empezó a desaparecer el entumecimiento, de suerte que pude mover una pierna y luego la otra, recobrando poco después en parte el uso del brazo derecho.

Entonces me arrastré hacia Parker con la mayor precaución, corté luego todas las amarras que le tenían sujeto, y al poco rato recobró un tanto el uso de sus miembros. En seguida acudimos a libertar de la cuerda a Peters; ésta había cortado el cinto de su pantalón de lana, dos camisas y penetrado en la ingle de donde la sangre brotó en abundancia al retirar la amarra. Apenas habíamos terminado, cuando Peters empezó a hablar y al parecer experimentó un inmediato alivio; podía moverse con menos incomodidad que Parker y yo, lo cual se debía, sin duda, a aquella sangría involuntaria.

Augustus no daba señales de vida y casi habíamos perdido la esperanza de verle recobrar los sentidos; pero al llegar a él, notamos que estaba desmayado a causa de la pérdida de sangre, pues el mar había arrancado los vendajes que le rodeaban el brazo: ninguna de las cuerdas que le sujetaban al molinete estaba tan apretada que pudiera causar la muerte.

Desembarazado que le hubimos de las ataduras y separado del trozo del molinete, le tendimos del lado del viento, en un sitio seco, la cabeza un poco más baja que el cuerpo, y los tres nos pusimos a frotarle los miembros. Al cabo de media hora volvió en sí; pero hasta la mañana siguiente no pudo reconocernos ni hablar.

En el tiempo que habíamos empleado para desembarazarnos de las amarras, llegó la noche; el cielo empezaba a nublarse de manera que teníamos un miedo horroroso de que el viento volviese a soplar con fuerza, en cuyo caso desfallecidos como estábamos nada podía salvarnos. Felizmente, el tiempo se mantuvo tranquilo toda la noche, y observando que el mar se calmaba cada vez más, concebimos una esperanza de salvación. Del noroeste nos venía una fresca brisa; pero el frío era escaso.

Muy débil Augustus para sostenerse por sí mismo, le atamos con cuidado al molinete para que el vaivén del buque no le hiciese rodar al mar.

Con respecto a nosotros, no teníamos necesidad de semejantes precauciones. Nos sentamos muy arrimados unos a otros, y nos pusimos a reflexionar sobre los medios de salir de tan peligrosa situación. Nos quitamos los vestidos y los retorcimos para exprimir el agua, y cuando nos los volvimos a poner, nos parecieron muy calientes y agradables, lo que contribuyó no poco a que recobráramos el vigor. Quitamos a Augustus los suyos, los retorcimos también y experimentó el mismo bienestar.

Nuestros principales sufrimientos fueron entonces el hambre y la sed, y cuando pensábamos en los medios futuros de satisfacer estas necesidades, se nos comprimía el corazón y casi sentíamos haber escapado a los peligros menos terribles del mar. Consolábamos, empero, la esperanza de que pronto nos recogería algún buque, y nos alentábamos mutuamente a soportar con resignación todos los males que aún nos estuvieran reservados.

En fin, lució el alba del día 14 y el tiempo se mantuvo sereno y apacible, con una brisa constante, pero muy leve, del noroeste. El mar estaba del todo sosegado, y como por una causa que no pudimos averiguar el bergantín no se inclinaba tanto, el puente estaba poco menos que seco y podíamos ir y venir con toda libertad. Hacía más de tres días y tres noches que no habíamos comido ni bebido, y era absolutamente indispensable hacer una tentativa para procurarnos alguna cosa de las de abajo.

Como el bergantín estaba enteramente lleno de agua, pusimos manos a la obra con tristeza y sin grandes esperanzas de alcanzar algo, fijando algunos clavos que arrancamos de los restos del extremo de la escala en dos trozos de madera formando una especie de draga. Uniendo estos últimos en forma de cruz y atándolos al extremo de una cuerda, los echamos a la cámara y los pasamos en todas direcciones, con la débil esperanza de enganchar algo que pudiese servirnos de alimento, o nos ayudara a procurárnoslo. Ocupados en esta tarea pasamos gran parte de la mañana, sin más resultado que el de pescar algunos cobertores que los clavos engancharon fácilmente. Es verdad que nuestro aparato era tan grosero que no podíamos prometernos un éxito mejor.

Repetimos la prueba en el castillo de proa, pero sin conseguir cosa alguna, y ya nos abandonábamos a la desesperación, cuando propuso Peters hacerse atar con una cuerda por el cuerpo y procurar apoderarse de alguna cosa sumergiéndose en la cámara. La proposición fue saludada con toda la alegría que puede inspirar la esperanza recobrada. En seguida se quitó la ropa menos el pantalón y le atamos la cuerda alrededor del cuerpo, pasándola por debajo del brazo para impedir que se escurriese.

La empresa era difícil y peligrosa, porque como no esperábamos encontrar mucho en la cámara, aun suponiendo que hubiera algunas provisiones, era menester que el sumergido, después de haber bajado, diese vuelta a la derecha y andando por debajo del agua a una distancia de diez o doce pies por un pasadizo estrecho, llegase hasta la despensa y volviese sin haber respirado.

Ya dispuesto todo, Peters bajó a la cámara

por la escalera hasta que el agua le llegó a la barba. Sumergióse entonces de cabeza dirigiéndose a la derecha, procurando llegar a la despensa; pero la primera tentativa no tuvo éxito. No hacía medio minuto que había desaparecido, cuando sentimos sacudir la cuerda con violencia; señal convenida para sacarle del agua cuando lo desease. Inmediatamente le sacamos, pero con tan poca precaución que le lastimamos contra la escala.

Nada traía consigo: le había sido imposible ir más allá de un muy corto trecho del pasadizo a causa de los esfuerzos constantes que tenía que hacer para remontarse y flotar contra el puente. Al salir de la cámara estaba tan postrado que tuvo que descansar más de quince minutos antes de arriesgarse a volver a bajar.

La segunda tentativa fue todavía más desgraciada, porque permaneció tanto tiempo debajo del agua sin dar la señal, que llenos de inquietud, le sacamos sin esperar más; ya era hora, porque se estaba asfixiando, y, según dijo, el desgraciado había agitado la cuerda varias veces sin que nosotros lo sintiésemos. Esto provino, sin duda, de que una parte de la cuerda se había enganchado en la balaustrada al pie de la escala. Esta balaustrada nos embarazaba tanto que resolvimos arrancarla antes de proceder a otra tentativa. Como, a excepción de la fuerza de los brazos, no teníamos ningún medio de conseguirlo, bajamos los tres al agua, lo más hondo que cada uno pudo, y dando una sacudida con todas nuestras fuerzas, logramos arrancarla.

La tercera tentativa no tuvo mejor éxito que las dos anteriores, y nos convencimos de que nada obtendríamos por este medio, sin la ayuda de un peso que mantuviese al sumergido fijo en el pavimento de la cámara mientras hiciese sus pesquisas. Miramos a uno y otro lado tratando de hallar alguna cosa que sirviese a nuestro objeto, y al fin descubrimos con grande alegría un portaobenque de mesana de barlovento, ya tan desprendido que con poco trabajo lo arrancamos por completo. Peters se lo sujetó fuertemente al tobillo, bajó por cuarta vez a la cámara y logró abrirse paso hasta la puerta de la despensa, pero con el mayor dolor la encontró cerrada y se vio precisado a volver sin haber podido penetrar, porque haciendo los mayores esfuerzos, apenas habría podido permanecer un minuto más debajo del agua.

Nuestra situación era cada vez más angustiosa, y Augustus y yo no pudimos menos que romper en llanto pensando en las muchas dificultades que nos asediaban y en las pocas probabilidades de salvarnos. Esta dificultad duró poco. Nos hincamos de rodillas y pedimos a Dios que nos auxiliase en los peligros que nos rodeaban, y luego con una esperanza y un valor rejuvenecidos, nos levantamos dispuestos a procurarnos la salvación por todos los medios humanos.

10. EL BUQUE FANTASMA

Poco tiempo después ocurrió un incidente que, motivo al principio de extremada alegría y en seguida de extremado horror, me parece, por esto mismo, más conmovedor, más terrible que ninguno de los azares que he corrido posteriormente en el transcurso de más de nueve años llenos de sucesos tan sorprendentes como inauditos e incomprensibles.

Estábamos tendidos en el puente junto a la escala y discutíamos aún la posibilidad de penetrar hasta la despensa, cuando volviendo los ojos hacia Augustus, eché de ver que de repente se ponía mortalmente pálido y que sus labios temblaban de una manera extraña e incomprensible. Alarmado por ello, le dirigí la palabra, pero como no me contestara, empecé a creer que le había atacado un mal repentino, mayormente cuando fijé la atención en sus ojos extraordinariamente brillantes y clavados en algún objeto que estaba delante de mí. Volví la cabeza, y nunca olvidaré la alegría extática que penetró todo mi ser viendo un gran bergantín que se dirigía a nosotros y que estaba a dos millas de distancia. Di un salto como si una bala de fusil me hubiera herido de repente en el corazón, y tendiendo los brazos hacia el buque, permanecí de pie, inmóvil, y sin poder pronunciar una palabra. Peters y Parker también estaban muy gozosos aunque de muy distinto modo. El primero bailaba en el puente como un loco, haciendo las más monstruosas extravagancias, acompañadas de aullidos e imprecaciones, mientras que el segundo se deshacía en lágrimas, no cesando en algunos minutos de llorar como un niño.

El buque que se distinguía era un gran bergantín-barca, equipado a la holandesa, pintado de negro, con un branque vivo y dorado. Al parecer había aguantado regularmente tiempos borrascosos, y creímos que habría sufrido mucho en la tempestad que había causado nuestro desastre, pues había perdido el mástil de gavia de mesana y parte del muro de estribor. Al verle por primera vez estaba, según ya he dicho, a unas dos millas a barlovento y se dirigía hacia nosotros.

Como la brisa era muy floja, nos sorprendió que el buque no llevara más velas que la mesana y la mayor con un foque, de modo que navegaba muy lentamente y nuestra impaciencia rayaba en frenesí. La manera torpe con que gobernaba fue notada por todos, a pesar de nuestra prodigiosa emoción.

Declinaba tanto el rumbo, que una o dos veces creíamos que no nos había visto, o que no habiendo descubierto a nadie en nuestro buque, iba a virar en redondo y emprender otro derrotero.

A cada momento lanzábamos gritos con toda la fuerza de nuestros pulmones, y el buque desconocido parecía cambiar por un momento de intención, y volvía a poner la proa hacia nosotros. Esta singular maniobra se repitió dos o tres veces y no pudimos explicárnosla, sino suponiendo que el timonel estaba borracho. A nadie distinguimos a bordo hasta que estuvo el buque a un cuarto de milla de nosotros. Entonces vimos tres hombres que por su traje nos parecieron holandeses. Dos estaban tendidos sobre unas velas viejas cerca del castillo de proa, y el otro, que al parecer nos miraba con curiosidad, se hallaba en la proa a estribor junto al bauprés. Este hombre era alto, vigoroso y muy atezado. Parecía que con sus gestos nos alentaba a tener paciencia saludándonos alegremente con la cabeza, pero de una manera que no dejaba de ser extraña, y sonriéndose incesantemente como para dejar ver una hilera de dientes blancos muy brillantes. Al acercarse el buque, vimos que el gorro encarnado de este hombre se cayó al mar; pero no se cuidó de ello, siguiendo con sus sonrisas y gestos extravagantes. Refiero minuciosamente estas cosas y circunstancias, y las refiero, entiéndase bien, precisamente tales «como se nos presentaron».

El buque se dirigía lentamente hacia nosotros con más seguridad en su maniobra, y (no puedo hablar tranquilamente de esta aventura) nuestros corazones palpitaban como locos de alegría, y nos deshacíamos en gritos de júbilo y en acciones de gracias a Dios por la completa, gloriosa e inesperada salvación de que ya no podíamos dudar.

De pronto, del misterioso buque que estaba ya muy próximo a nosotros, nos llegó un olor tan hediondo que no hay palabras en el mundo para explicarlo; infernal, sofocante, intolerable, inconcebible. Abrí la boca para respirar volviéndome hacia mis compañeros y observé que estaban más pálidos que el mármol; pero no era tiempo de discutir, el bergantín estaba a cincuenta pies de nosotros, al parecer con intención de acercársenos hasta tocarnos, para que pudiéramos pasar a él sin necesidad de echar un bote al agua. Corrimos a la popa, cuando de repente el viento lo echó cinco o seis puntos fuera del rumbo que llevaba, y al pasar a una distancia de veinte pies de nuestra popa, pudimos ver toda su cubierta.

¿Olvidaré nunca el triple horror de aquel espectáculo? Veinticinco o treinta cuerpos humanos, entre los cuales había algunos de mujeres, yacían diseminados acá y allá entre la popa y la cocina en el último y más repugnante estado de putrefacción. Vimos que no había alma viviente en aquel barco maldito, y sin embargo, no dejamos de llamar a aquellos muertos en nuestro auxilio. ¡Sí, en la agonía del momento, rogamos mucho tiempo y con fervor a aquellas silenciosas y repugnantes imágenes que se detuvieran por nosotros, para que no nos dejaran convertir en semejantes a ellas y se dignaran recibirnos en su ingrata compañía! El horror y la desesperación nos hacían delirar, la angustia y la decepción nos habían vuelto locos.

Cuando lanzamos nuestro primer grito de horror, nos respondió un ruido que partía del lado del bauprés del buque extranjero, tan parecido a un grito humano, que el oído más delicado lo habría tomado por tal. En aquel momento otra súbita abordada nos puso por unos minutos el castillo de proa a la vista y al mismo tiempo pudimos conocer la causa de aquel ruido. Vimos al alto y robusto personaje que seguía apoyado en el muro, moviendo la cabeza de aquí para allí, pero vuelto el semblante de modo que no podíamos distinguirle. Tenía los brazos extendidos en el sobrepuesto, las manos caídas hacia fuera y sus rodillas descansaban sobre unas jarcias amontonadas. En la espalda, de la que había sido arrancada una parte de la camisa, dejando descubierta la carne, se le había posado una gaviota enorme que se hartaba de aquel horrible manjar, teniendo el pico y las garras profundamente hundidas en el cuerpo del desdichado y tinto en sangre su blanco plumaje.

Como el bergantín continuaba virando como para vernos más de cerca, el ave sacó penosamente de la herida su cabeza ensangrentada, y después de habernos mirado un momento, como estupefacta, se desprendió perezosamente del cadáver con que se regalaba, y echando a volar sobre nuestro puente, se suspendió algún tiempo en el aire con un pedazo de la sustancia coagulada y casi viviente en el pico. Al cabo, aquel horrible despojo cayó con siniestro ruido a los pies de Parker.

Dios me perdone, pero en el primer momento cruzó por mi mente una idea que no escribiré y maquinalmente di un paso hacia el sitio ensangrentado. Levanté los ojos, y mis miradas encontraron las de Augustus llenas de una reconvención tan intensa y enérgica, que me contuvo inmediatamente; cogí con profundo estremecimiento aquel horrible objeto y lo arrojé al mar.

El cuerpo del cual procedía aquel despojo, descansando sobre las jarcias, oscilaba fácilmente por los esfuerzos del pájaro carnicero, y aquel movimiento nos había hecho creer en un ser viviente. Libre del peso de la gaviota, vaciló y se cayó, pero sin llegar al suelo, de modo que pudimos ver perfectamente su semblante. No puede darse espectáculo más horroroso. Faltábanle los ojos, y comidos los labios y las mejillas dejaban ver los dientes. ¡Esta era aquella sonrisa que había animado nuestra esperanza! Esta era..., pero no proseguiré.

El bergantín, como ya he dicho, pasó junto a nuestra popa y continuó su camino lenta y regularmente guiado por el viento. Con él y su horrible tripulación se desvanecieron todas nuestras risueñas esperanzas de alegría y de salvación.

Como empleó algún tiempo en pasar junto a nosotros, tal vez hubiéramos hallado medio de abordarle, si nuestra repentina sorpresa y el carácter espantoso del descubrimiento no hubieran anonadado nuestras facultades morales y físicas. Habíamos visto y sentido; pero era ya muy tarde cuando pudimos pensar y obrar. Por este simple hecho se puede conocer cuánto debilitó nuestras inteligencias aquel incidente: cuando el buque se hubo alejado tanto que sólo veíamos la mitad de su casco, fue cuando empezamos a tratar de alcanzarle a nado.

Desde entonces he hecho vanos esfuerzos para aclarar el misterio horrible que ocultaba el destino del buque desconocido. Su construcción y porte nos convencieron, como ya he dicho, de que era un buque mercante holandés, y el traje de su tripulación confirmó esta idea. Fácilmente hubiéramos podido leer su nombre en la popa y hacer también otras observaciones muy útiles para determinar su carácter; pero la profunda emoción del momento nos cegó y ocultó estos indicios. Por el color pajizo de algunos de los cadáveres, que no estaban aún descompuestos del todo, dedujimos que los que iban a bordo habían muerto de la fiebre amarilla o de alguna otra enfermedad violenta de análoga especie. Si fue así, como creo, a juzgar por la posición de los cuerpos, la muerte debió sorprenderles de repente y de una manera absolutamente distinta de la que caracteriza las pestes más mortales conocidas hasta el día. Tal vez algún veneno introducido accidentalmente en las provisiones de a bordo produjo aquel desastre; también pudiera ser que hubiesen comido algún pescado de especie venenosa, o alguna ave del océano u otro cualquier animal marino; pero es del todo superfluo hacer conjeturas sobre un caso que está rodeado y que sin duda lo estará eternamente, del más espantoso y más insondable misterio.

11. UNA BOTELLA DE OPORTO

Pasamos el resto del día sumidos en un letargo estúpido, mirando siempre al buque, hasta el momento en que las tinieblas, ocultándole a nuestra vista, nos volvieron, por decirlo así, a nosotros mismos.

Entonces reaparecieron las angustias del hambre y de la sed, absorbiendo los demás cuidados y consideraciones; e instalándonos lo mejor posible, tratamos de descansar un tanto. Por mi parte lo conseguí más de lo que esperaba y dormí hasta la aurora en que mis compañeros, que habían sido menos felices que yo, me despertaron para empezar de nuevo nuestras desgraciadas tentativas de pescar algo que comer.

El mar estaba entonces completamente sosegado y el tiempo templado y agradable. El bergantín fatal ya no se veía. Empezamos las operaciones por arrancar, no sin trabajo, otro portaobenques de mesana, y habiéndolos atado ambos a los pies de Peters, procuró llegar otra vez a la puerta de la despensa, creyendo que quizá lograría forzarla, con tal que la alcanzase en corto espacio de tiempo, lo que se prometía en atención a que el casco del buque se movía mucho menos que antes.

Efectivamente consiguió dar muy pronto con la puerta, y apoderándose de uno de los pesos que tenía atados al tobillo, se sirvió de él para hundirla; pero todos sus esfuerzos fueron inútiles, la madera era mucho más fuerte de lo que se esperaba. Fatigado por tan larga permanencia debajo del agua, fue indispensable que uno de nosotros le reemplazara. Parker se ofreció inmediatamente para este servicio; pero después de tres viajes infructuosos, ni siquiera había conseguido llegar a la puerta. El estado deplorable del brazo de Augustus le hacía inútil para que nos ayudara, porque, aunque hubiese logrado llegar a la despensa, no hubiera podido forzar la puerta. A mí, pues, me tocaba emplear las fuerzas en la salvación de todos.

Peters había dejado uno de los portaobenques en el pasadizo, y apenas me hube sumergido, observé que no tenía bastante peso para mantenerme sólidamente debajo del agua, y en consecuencia reduje mi primera tentativa a encontrar el otro peso. Con este deseo palpé en el pavimento del pasadizo, cuando sentí un objeto duro, y apoderándome inmediatamente de él, sin tiempo para averiguar lo que era, retrocedí subiendo directamente a la superficie. Mi hallazgo era una botella, y se concebirá cuál fue nuestra alegría al ver que estaba llena de vino de Oporto.

Dimos gracias a Dios por este consuelo y socorro tan oportunos; después le quitamos el tapón con mi cortaplumas, y bebiendo un poco cada uno, nos sentimos bastante confortados y llenos de calor, de fuerza y de espíritu vitales. Volvimos a tapar la botella con todo cuidado y la atamos con un pañuelo de modo que no pudiera romperse. Descansé un poco después de este feliz hallazgo; luego volví a bajar y al cabo encontré el portaobenques con el que subí en seguida. Después de atármelo al pie, me sumergí por tercera vez y me convencí de que me sería imposible forzar la puerta de la despensa, de modo que regresé desesperado.

Decididamente era preciso renunciar a toda esperanza, y en las fisonomías de mis compañeros vi que estaban resueltos a morir. El vino les había producido una especie de delirio, del que acaso me había preservado mi última sumersión. Hablaban de un modo incoherente y de cosas del todo ajenas a nuestra situación. Peters me abrumaba haciéndome preguntas sobre Nantucket; recuerdo que Augustus se acercó a mí muy formalmente pidiéndome un peine de bolsillo, porque tenía, según dijo, los cabellos llenos de escamas de pescado y quería limpiárselos antes de desembarcar. Parker parecía menos afectado y me rogaba que volviese otra vez a la cámara para traerle el primer objeto que encontrase. Consentí en ello, y a la primera tentativa, después de haber estado un buen rato debajo del agua, volví con una pequeña maleta de cuero perteneciente al capitán Barnard. La abrimos en seguida con la esperanza de que tal vez contenía algo de beber o de comer; pero no encontramos más que un estuche de navajas y dos camisas. Volví a sumergirme, pero sin resultado. Al sacar la cabeza del agua, oí un ruido como de alguna cosa que se quebrase, y luego vi que mis compañeros de infortunio se habían aprovechado innoblemente de mi ausencia para beberse el resto del vino, y que en su precipitación por volver la botella a su sitio antes de que yo les sorprendiese, la habían dejado caer.

Les eché en cara su falta de compañerismo y Augustus prorrumpió en llanto. Los otros trataron de reírse y de echarlo a broma; pero en mi vida espero ver una risa semejante. La convulsión de sus fisonomías era horrorosa. No podía dudarse que la excitación promovida en sus estómagos vacíos produjo un efecto violento e instantáneo, y estaban completamente embriagados. Mucho trabajo me costó conseguir que se acostaran; al cabo cayeron en un pesado sueño, acompañado de fuertes ronquidos.

Me encontré entonces, por decirlo así, solo en el bergantín y mis reflexiones eran de las más terribles y negras. La única perspectiva que se ofrecía a mis ojos era la de morir de hambre lentamente, o cuando menos la de ser arrebatado por la primera tempestad que se levantase, porque no podíamos en el estado de desfallecimiento en que nos hallábamos abrigar esperanzas de sobrevivir a otra tormenta.

El hambre devoradora que tenía entonces era irresistible y me sentí capaz de todo para aplacarla. Con el cuchillo corté un pedazo de la maleta de cuero y traté de comerlo; pero me fue de todo punto imposible tragar siquiera una partícula; sin embargo, me pareció que mascando el cuero en pequeños fragmentos obtenía un ligero alivio.

A la caída de la tarde se despertaron mis compañeros uno a uno y todos en un estado indescriptible de debilidad y de horror producidos por el vino cuyos vapores se habían ya disipado. Temblaban como acometidos de una fiebre violenta y pedían agua con los gritos más lastimeros. Su situación me afectó profundamente, y sin embargo, me alegraba del afortunado accidente que me había librado de caer en la tentación del vino. Su conducta, empero, me tenía alarmado y muy inquieto, porque era evidente que sin un cambio favorable en su estado, no podrían serme de ayuda alguna para procurarnos la común salvación.

Yo no había abandonado aún toda idea de sacar algo de la cámara; pero no podía aventurarme a bajar de nuevo sin que uno de ellos fuese bastante dueño de sí mismo para tener la cuerda durante mi sumersión. Parker parecía estar más en su juicio que los otros, y me esforcé en reanimarle por todos los medios posibles.

Creí que un baño de mar produciría buen efecto, le até la cuerda a la cintura, y luego conduciéndole inerte como estaba a la abertura de la cámara, lo eché al agua y le saqué inmediatamente. El experimento tuvo el éxito más feliz, porque recobró la vida y las fuerzas y me preguntó con aire muy razonable por qué le trataba de aquella manera. Cuando le hube explicado mi objeto, me dio las gracias, luego dijo que se sentía mucho mejor desde que había tomado el baño, y habló muy sensatamente de nuestra situación.

Resolvimos aplicar el mismo tratamiento a Augustus y a Peters; lo ejecutamos inmediatamente y les produjo a ambos un alivio notable. Un libro de medicina que había leído sobre los felices resultados de la afusión y del chorro en los enfermos atacados del «delirium tremens», me sugirió la idea de la inmersión repentina.

Viendo que por fin podía fiarme de mis compañeros para que sostuviesen el extremo de la cuerda, me sumergí tres o cuatro veces más en la cámara, a pesar de que ya era de noche y que una suave marejada del norte movía un tanto nuestro pontón. En estas tentativas logré sacar dos grandes cuchillos de mesa, una vasija vacía y un cobertor; pero nada que pudiese servir para acallar el hambre. Después de haber encontrado estos objetos, continué mis esfuerzos hasta quedar rendido, sin que lograra sacar nada más. Durante la noche Parker y Peters se ocuparon sucesivamente en la misma tarea; pero no conseguían pescar cosa alguna, y persuadidos de que nos cansábamos en vano, abandonamos desesperados la empresa.

Pasamos el resto de la noche en la más terrible angustia moral y física que se puede imaginar. Al fin brilló la mañana del día 16, y llenos de avidez buscamos con los ojos socorro en todos los puntos del horizonte, pero en vano. El mar seguía muy unido, con una larga marejada del norte, como la víspera. Hacía ya seis días que no habíamos probado alimento alguno ni bebido más que la botella de Oporto, y era evidente que no podríamos resistir por mucho tiempo más, a no ser que encontrásemos alguna otra cosa de comer o beber.

Nunca había visto ni deseo volver a ver seres humanos más demacrados que Peters y Augustus. Si les hubiera encontrado en aquel estado en tierra, ni siquiera hubiera sospechado que los conocía. Sus fisonomías habían cambiado completamente de carácter, y apenas podía persuadirme de que fuesen los mismos individuos con quienes me hallaba pocos días antes. Parker, aunque lastimosamente enflaquecido y tan débil que no podía levantar la cabeza del pecho, no estaba tan desfigurado como los otros. Sufría con paciencia, no exhalaba una queja, y trataba de infundirnos esperanza por cuantos medios podía inventar.

En cuanto a mí, a pesar de haber estado enfermo al principio del viaje y de haber sido siempre de constitución delicada, padecía menos que los otros; no estaba tan demacrado y conservaba las facultades intelectuales, mientras que mis compañeros parecían hallarse en una especie de segunda infancia, sonriéndose estúpidamente como idiotas, y diciendo las más absurdas simplezas. Sin embargo, por intervalos frecuentes parecían revivir como inspirados de pronto por la conciencia de su situación; entonces se levantaban como movidos por un exceso momentáneo de vigor y hablaban de lo que les interesaba, pero con la desesperación más intensa. Es muy posible que mis compañeros tuviesen de su estado la misma opinión que yo del mío y que cometiera yo las mismas extravagancias e imbecilidades que ellos; pero éste es un punto que no puedo aclarar.

A cosa del mediodía Parker dijo que veía tierra del lado de babor, y tuve que acudir a todos los medios posibles para evitar que se echara al mar con objeto de llegar nadando a la costa. Peters y Augustus se fijaron poco en lo que decía, embebidos ambos, al parecer, en una contemplación silenciosa. Mirando en la dirección indicada, me fue imposible descubrir la menor señal de tierra: por otra parte, sabía muy bien que nos hallábamos lejos de todo continente para entregarme a semejante esperanza. Necesité mucho tiempo para convencer a Parker de su error, y entonces vertió un torrente de lágrimas, lloriqueando como un niño, despidiendo gritos y sollozos durante dos o tres horas, hasta que rendido por el cansancio de la desesperación se quedó dormido.

Peters y Augustus hicieron inútiles esfuerzos para comer pedazos de cuero, siguiendo el consejo que les di de reducirlo a muy pequeños fragmentos; pero estaban muy débiles para mascarlo convenientemente. Por mi parte continué mascándolo por intervalos, lo cual no dejó de aliviarme; pero mi principal padecimiento era la sed; y el recuerdo de las horribles consecuencias experimentadas por otros náufragos reducidos a la misma situación que nosotros, me hizo resistir al deseo de beber agua del mar.

Así pasó el día cuando de pronto descubrí una vela de la parte del este en dirección de nuestra proa por el lado de babor. Era, a mi juicio, un buque de gran porte y que pasaba a una distancia de doce o quince millas. Ninguno de mis compañeros lo había aún descubierto y me guardé bien de enseñárselo en seguida, temiendo que se nos frustrara también esta nueva esperanza. Después de algún tiempo de haberse acercado, vi positivamente que hacía rumbo hacia nosotros con las velas hinchadas. No pude contenerme por más tiempo y lo enseñé a mis compañeros de infortunio que se pusieron en pie inmediatamente, entregándose de nuevo a las más extravagantes demostraciones de alegría, llorando, riendo como idiotas, saltando, andando a pie cojito, arrancándose los cabellos, orando y jurando sucesivamente.

Tanto influyeron en mí su conducta y esta perspectiva de salvación que ya consideraba como segura, que no pude menos de imitarles, participando de sus locuras y dando amplia libertad a todas las explosiones de mi alegría y mi felicidad, revolcándome en el puente, batiendo palmas, gritando y haciendo mil miradas, hasta que volví a la cordura y me sentí en los últimos confines de la desesperación y de la miseria humana, viendo que el buque nos presentaba de repente toda la popa y gobernaba en dirección completamente opuesta a la que antes llevaba.

Necesité algún tiempo para demostrar nuestra nueva desgracia a mis pobres compañeros, quienes contestaban a todos mis asertos con miradas fijas y gestos con los que significaban que no podían ser víctimas de semejantes bromas. La conducta de Augustus fue la que me causó más daño. A pesar de lo que decía y hacía para persuadirle, persistió en afirmar que el buque se acercaba rápidamente hacia nosotros y se preparó para transbordar. Señalaba con el dedo algunas plantas marinas que flotaban cerca del bergantín y decía que eran las lanchas del buque; hasta intentó dejar nuestro pontón, gritando de una manera que enternecía, y tuve que emplear la violencia para impedir que se precipitase al mar.

Recobrados un tanto de nuestra emoción, seguimos mirando el buque, hasta que habiéndose encapotado el cielo y levantado una ligera brisa le perdimos de vista. Cuando hubo desaparecido enteramente, Parker se volvió a mí de repente con tal expresión en el semblante que me hizo estremecer. Su ademán era tranquilo, advertí en él una serenidad que no había visto hasta entonces, y antes de que abriese los labios, mi corazón adivinó lo que iba a decir. En breves palabras me propuso que uno de nosotros fuera sacrificado para salvar la existencia de los demás.

12. LA SUERTE, A PAJAS

Tiempo hacía ya que había pensado que nos veríamos reducidos a este espantoso extremo y tenía resuelto secretamente soportar cualquier clase de muerte antes que acudir a semejante recurso. Esta resolución no había logrado vencerla el hambre que me atormentaba.

Augustus y Peters no habían oído la proposición. Llamé a Parker a un lado, y, rogando mentalmente a Dios que me concediese bastante elocuencia para disuadirle de su abominable proyecto, le hice muchas reflexiones, le supliqué ardientemente, le imploré en nombre de todo lo que tenía por sagrado, le insté con cuantos argumentos me sugirió aquella situación suprema para que abandonase su idea y no la comunicara a los otros.

Escuchó cuanto le dije sin tratar de refutar mis razones, y ya empezaba a confiar que lograría dominarlo, cuando me respondió que ya sabía que era cierto todo lo que le acababa de decir y que acudir a semejante medio era la alternativa más horrible que puede presentarse al hombre; pero que había sufrido tanto como la naturaleza puede soportar; que no era útil que muriésemos todos cuando era posible y hasta probable que la muerte de uno solo salvara a los demás; que podía ahorrarme el trabajo de hacerlo desistir de su proyecto, porque ésta era la resolución definitiva que había tomado antes de que se presentase el buque y que la aparición de éste había motivado que no la manifestara antes.

Entonces le supliqué que ya que no podía obtener mi intento, por lo menos difiriera su propósito hasta otro día, puesto que aún podía venir algún buque en nuestro socorro: empleé cuantos argumentos se me ocurrieron y los que consideré más convenientes para influir en una naturaleza ruda como la suya. Respondióme que para hablar de esto había esperado todo el tiempo posible hasta el instante supremo; que ya no podía vivir sin comer, y que aplazada su idea para otro día, sería ya muy tarde, al menos para él.

Viendo que nada le hacía mella y que no le vencería con la dulzura, empleé un tono diferente, y le dije que debía saber que yo había sufrido menos que ninguno, que por lo tanto le aventajaba en fuerzas y salud no sólo a él, sino también a Peters y Augustus; que emplearía la fuerza en caso necesario, y que si intentaba de cualquier manera comunicar a los otros su horroroso proyecto propio de un caníbal, no vacilaría en arrojarlo al mar.

Al oír esto, me agarró por la garganta, y sacando un cuchillo, hizo algunos esfuerzos inútiles para herirme en el estómago, atrocidad que sus escasas fuerzas le impidieron consumar. Por mi parte, lleno de cólera, le empujé hacia el borde del buque con la firme intención de echarle al agua; pero le salvó la intervención de Peters, que se acercó a separarnos y nos preguntó el motivo de la riña. Parker se lo dijo antes de que yo tuviese medio de impedirlo y el efecto de sus palabras fue aún más terrible de lo que yo esperaba.

Augustus y Peters, que por lo visto hacía ya tiempo que alimentaban en secreto el pensamiento que Parker había sido el primero en emitir, lo aceptaron e insistieron en que se ejecutara inmediatamente.

Yo había presumido que uno de los dos tendría aún bastante valor y sería dueño de sí mismo lo suficiente para ponerse de mi parte e impedir la ejecución de este horroroso proyecto, pues con ayuda de uno de ellos me creía capaz de evitarlo. Viendo defraudada esta esperanza, me era indispensable atender a mi propia seguridad, pues la resistencia de mi parte podía ser considerada por aquellos hombres exasperados por su situación como una excusa para negarme a representar mi papel en la tragedia que iba a ejecutarse.

Les dije que me adhería, pues, a su proyecto y que sólo pedía una hora de tiempo para que se disipara la niebla que nos rodeaba, porque entonces tal vez podríamos volver a ver el buque de antes. Después de muchas dificultades, obtuve la promesa de que esperarían hasta entonces, y como creía, gracias a la brisa que se levantó rápidamente, la niebla se disipó antes de espirar el plazo; pero no viendo buque alguno en el horizonte, nos dispusimos a echar suertes.

Paso a referir con excesiva repugnancia la escena espantosa que siguió, escena que ningún otro acontecimiento posterior ha logrado borrar de mi memoria, que conservo grabada en ella con sus más minuciosos detalles y cuyo recuerdo envenenará todos los instantes de mi vida. Séame permitido referir esta parte de mi historia tan brevemente como exige el carácter de los incidentes.

El único medio de que podíamos disponer en

aquella terrible lotería en que todos corríamos riesgo de perder era el de echar pajas.

Algunas astillas pequeñas podían llenar el objeto y se convino en que yo las tendría en la mano.

Me retiré a un extremo del buque mientras mis pobres compañeros tomaron posición silenciosamente en el otro extremo, volviéndome la espalda. El momento más cruel de este terrible drama, el más angustioso fue aquel en que estuve ocupado en arreglar las astillas.

Hay pocas situaciones decisivas para el hombre en que no le inspire un profundo interés su propia conservación, interés que crece de minuto en minuto, con la fragilidad del lazo que sostiene nuestra existencia; pero entonces el carácter silencioso, positivo, riguroso de la tarea que me habían impuesto, tan diferente de los tumultuosos peligros de la tempestad o de los horrores progresivos del hambre, me hizo reflexionar en las pocas probabilidades que tenía de escapar de la más espantosa de las muertes, de una muerte de horrible utilidad, y cada partícula de la energía que por tanto tiempo me sostuviera huía entonces como plumas arrebatadas por el viento, dejándome impotente a merced del más abyecto y lastimoso terror.

No tuve al pronto fuerzas bastantes para arrancar y reunir las astillas; los dedos se me resistían y las rodillas me temblaban. Mil medios absurdos se me ocurrieron rápidamente para evadirme de tan horroroso juego: ya pensaba echarme a los pies de mis compañeros y suplicarles que me permitieran sustraerme a aquella necesidad; ya intentaba precipitarme sobre ellos por sorpresa, matar a uno y hacer por este medio superflua la decisión de la suerte; ya... en todo pensaba menos en hacer lo que me habían encargado. Al cabo, después de haber perdido mucho tiempo en esta conducta imbécil, hízome volver en mi acuerdo la voz de Parker que me daba prisa para que les sacase de la terrible inquietud en que les tenía.

Ni por esto pude resignarme a disponer en seguida las astillas. Me puse a discutir sobre todos los medios para alcanzar que la suerte me favoreciese y para inducir a uno de mis compañeros de infortunio a sacar la astilla más corta, pues habíamos convenido que el que sacase ésta moriría para salvar a los demás. Si hay quien quiera condenarme por esta aparente infamia, colóquese en una posición parecida a la mía.

Ya no era posible tardar más, y sintiendo que el corazón iba a rompérseme, me dirigí hacia el castillo de proa donde mis compañeros me esperaban. Extendí la mano con las astillas y Peters tiró inmediatamente. ¡Estaba libre! A lo menos su astilla no era la más corta; había, pues, una probabilidad más contra mí. Reuní todo mi valor y presenté la mano a Augustus; tiró inmediatamente y quedó libre; cualquiera que fuese la suerte que me aguardaba, eran iguales las probabilidades de vivir o de morir.

En aquel momento se apoderó de mi corazón toda la ferocidad del tigre y sentí contra Parker, mi semejante, mi desgraciado compañero, el odio más intenso y más infernal; pero este sentimiento duró poco, y luego estremeciéndome convulsivamente y cerrando los ojos, le presenté las dos astillas restantes.

Cinco minutos transcurrieron antes de resolverse a sacar la suya, y durante aquel siglo de indecisión capaz de desgarrar el alma, no abrí una sola vez los ojos. Al cabo me quitaron vivamente de la mano una de las astillas: la suerte quedaba decidida, pero yo ignoraba si me había sido favorable o adversa.

Nadie decía una palabra y yo no me atrevía

a aclarar mis dudas mirando la astilla que me quedaba. Peters me estrechó entonces la mano y procuré mirar, observando en seguida en el semblante de Parker que yo me había salvado y que él era la víctima condenada. Respiré convulsivamente y caí desmayado.

Me recobré a tiempo para ver el desenlace de la tragedia y asistir a la muerte del que, como autor de la proposición, era, por decirlo así, su propio asesino. El desdichado no hizo ninguna resistencia, y herido en la espalda por Peters, cayó muerto del golpe.

No hablaré del terrible festín que siguió inmediatamente; el lector puede figurárselo, las palabras no tienen virtud suficiente para describir todo el horror de la realidad; sólo diré que después de haber aplacado nuestra sed con la sangre de la víctima, echamos al mar los pies, las manos y la cabeza, así como las entrañas, y devoramos el resto del cuerpo durante los cuatro días de eterno recuerdo que siguieron; esto es, 17, 18, 19 y 20 de julio.

El 19 nos sobrevino un abundante aguacero que duró quince o veinte minutos y nos permitió reunir alguna agua por medio de un trapo que con la draga habíamos pescado en la cámara poco después de la tempestad. La porción que recogimos era muy escasa, pero bastó relativamente para reanimar un tanto las fuerzas y la esperanza.

El 21 nos vimos reducidos de nuevo al último extremo.

La temperatura se mantenía alta y agradable, con alguna niebla y ligeras brisas que variaban generalmente de Norte a Oeste.

El 22, estando solos los tres, muy cerca uno del otro y pensando melancólicamente en nuestra lamentable situación, cruzó por mi mente una idea brillante como un rayo de esperanza. Me acordé que después de haber cortado el palo de mesana, Peters me había dado una de las hachas, encargándome que la pusiese en lugar seguro si era posible, y que unos minutos antes del último golpe de mar que inundó el bergantín, la había encerrado en el castillo de proa, dejándola en uno de los catres de babor. Creí que si podíamos apoderarnos de ella, tal vez lograríamos abrir el puente por el sitio que caía encima de la despensa y nos procuraríamos de este modo provisiones fácilmente.

Cuando comuniqué este proyecto a mis compañeros, lanzaron un débil grito de júbilo, y nos dirigimos inmediatamente al castillo de proa. Allí la dificultad de bajar se presentaba mucho mayor que en la cámara que tenía la abertura más ancha, pues, como recordará el lector, todo el maderamen que rodeaba la entrada de la escalera había sido arrebatado por el mar, mientras el agujero del castillo de proa era una simple escotilla de unos tres pies cuadrados que había quedado intacta.

No vacilé, sin embargo, en hacer una tentativa, y después de haberme atado una cuerda a la cintura, como antes, me zambullí de pies, dirigiéndome rápidamente al catre y regresando con el hacha que fue saludada con éxtasis y gritos de alegría y de triunfo, siendo considerada la facilidad con que la encontramos como un presagio de salvación.

En seguida comenzamos el ataque contra el puente con toda la energía de la esperanza recobrada, ocupándonos sucesivamente en esta tarea Peters y yo, pues Augustus no podía ayudarnos a causa de las heridas del brazo. Como estábamos aún muy débiles para mantenernos en pie sin comer, y no podíamos por consiguiente trabajar un minuto o dos sin descansar, nos convencimos muy pronto de que necesitábamos algunas largas horas para lograr el éxito deseado, esto es, para practicar una abertura bastante ancha que nos facilitara el paso a la despensa. Esta consideración, empero, no nos desalentó, y trabajando toda la noche a la luz de la luna, al despuntar el día 23 habíamos conseguido nuestro objeto.

Peters se ofreció a bajar, y, hechos los preparativos necesarios, se sumergió, volviendo muy pronto con un bote afortunadamente lleno de aceitunas. Nos las repartimos y las devoramos con la mayor avidez; luego volvimos a bajar a Peters, y esta vez el éxito superó nuestras esperanzas, pues subió inmediatamente con un jamón grande y una botella de Madera.

Bebimos una corta cantidad de vino, sabiendo por experiencia propia los peligros que había en beber sin moderación. El agua salada había podrido casi todo el jamón, pero quedaba sana una parte como de dos libras, de la que hicimos tres trozos. Peters y Augustus, no pudieron dominar el apetito, se comieron en seguida su parte; yo fui más prudente, pues temiendo la sed que debía producirme, me contenté con comer un pedacito. Entonces descansamos un poco de nuestro trabajo que había sido muy rudo.

A eso del mediodía, sintiéndonos un tanto repuestos, volvimos a emprender el ataque a las provisiones, sumergiéndonos alternativamente Peters y yo, con más o menos éxito, hasta la puesta del sol. Durante este intervalo tuvimos la fortuna de sacar cuatro botes de aceitunas, otro jamón, una gran botella de mimbres, llena de excelente Madera, y una tortuga pequeña de la familia de los galápagos. El capitán Barnard en el momento de darse a la vela el *Grampus*, había recibido a bordo algunas de la goleta *Mary-Pitts* que volvía de un viaje al Pacífico a la pesca del buey marino.

En otro lugar de esta historia tendré con frecuencia ocasión de hablar de esta especie de tortuga. Como saben la mayor parte de mis lectores, se la encuentra principalmente en el grupo de islas llamadas de los «Galápagos», que toman su nombre de este animal, ya que la palabra española galápago significa emídido de agua dulce. Por su forma particular y por su aspecto se le da a veces el nombre de tortuga-elefante. Las hay de un tamaño enorme; yo he visto algunas que pesaban de mil doscientas a mil quinientas libras francesas, bien que no recuerdo que ningún navegante haya hablado de tortugas de esta especie que pesen más de ochocientas libras. Su aspecto es singular y hasta repugnante; tienen el andar muy lento, mesurado y grave, y levantan el cuerpo cosa de un pie del suelo. Su cuello es largo y delgado, y he matado una que de la espalda a la cabeza tenía tres pies y diez pulgadas. Esta es notablemente parecida a la de la serpiente. Pueden vivir sin comer tanto tiempo que parece increíble; y se citan casos de haber echado tortugas de esta especie en la cala de un buque, donde han permanecido dos años sin ningún alimento, siendo halladas después de este tiempo tan sanas y gordas como al principio. Por una particularidad de su organismo, estos singulares animales se parecen al dromedario o camello del desierto, y llevan siempre una provisión de agua en una bolsa que tienen en el nacimiento del cuello. Si se las mata después de haberlas privado de todo alimento por espacio de un año, se encuentra a veces en la bolsa de algunas una cantidad considerable de agua dulce y fresca. Comen perejil silvestre y apio y también verdolaga, sosa e higuera de Indias, sirviéndoles mucho este vegetal que abunda en la vertiente de las colinas cerca de la costa en que se encuentra este animal. Es un alimento excelente y de los más sustanciosos, y ha servido para conservar la existencia de millares de marinos ocupados en la pesca de la ballena y otros animales en el Pacífico.

La que tuvimos la suerte de sacar de la despensa no era muy gruesa y pesaría sesenta y cinco o setenta libras. Era hembra, en un estado excelente, excesivamente gorda y con una gran cantidad de agua potable en la bolsa. Esto era todo un tesoro, y postrándonos de rodillas dimos gracias a Dios por tan oportuno alivio.

Mucho trabajo nos costó pasar el animal por la abertura, pues se resistía con furia y tenía una fuerza prodigiosa. Iba ya a escapar de las manos de Peters y a caer al agua, cuando Augustus, echándole al cuello una cuerda con un nudo corredizo, pudo sostenerla hasta que bajé por el agujero a ayudar a Peters para sacarla al puente.

Trasladamos alegremente el agua que contenía la bolsa de la tortuga a la vasija que antes habíamos sacado de la bodega; en seguida rompimos el cuello a una botella, procurándonos por este medio un vaso que contenía poco menos de un cuarto de pinta, y bebimos un vaso cada uno, resolviendo limitarnos a esta cantidad por día para que el agua durase todo el tiempo posible.

Como el tiempo se mantuvo sereno y apacible durante los dos o tres días anteriores, secáronse completamente los cobertores que habíamos extraído de la cámara, así como nuestros vestidos, de suerte que pasamos la noche del 23 en un bienestar relativo y gozamos de un tranquilo sueño, después de habernos regalado con aceitunas, jamón y un poco de vino.

Temiendo que durante la noche, si el viento se levantaba, algunas de nuestras provisiones cayesen al mar, las sujetamos como mejor pudimos a los restos del molinete con una cuerda. En cuanto a la tortuga que tratábamos de conservar viva todo el tiempo posible, la volvimos de espalda y la atamos además con mucho cuidado.

13. ¡POR FIN!

24 de julio

La mañana del 24 nos encontró muy restablecidos en fuerzas y en valor.

A pesar de nuestra peligrosa situación, ignorando el punto donde estábamos, lejos de todo continente, sin más alimento que para quince días escasos, enteramente privados de agua y flotando aquí y allá a merced de las olas y del viento, las angustias y los peligros infinitamente más terribles de los que acabábamos de escapar por milagro nos hacían considerar los padecimientos que en dicho día nos aquejaban como cosa muy común. Tan cierto es que la felicidad y la desgracia son puramente relativas.

Al amanecer, nos preparábamos a proseguir nuestras inmersiones para sacar algo de la despensa, cuando sobrevino un fuerte aguacero que nos movió a recoger el agua con el lienzo que ya nos había servido para este objeto. No teníamos otro medio para recoger la lluvia que colgar el lienzo por el centro con un hierro del portaobenques de mesana, y el agua reunida en dicho punto goteaba en la vasija. Casi la habíamos ya llenado, cuando una fuerte ráfaga del norte nos obligó a abandonar la tarea, pues el buque empezó a balancearse tanto, que ya no podíamos tenernos de pie.

Entonces nos dirigimos a la proa, nos amarramos sólidamente al molinete, como habíamos hecho antes, y esperamos los sucesos con mucha más calma de la que hubiéramos creído posible en semejantes circunstancias.

Al mediodía había arreciado el viento y por la noche reinaba una gran marejada; pero como la experiencia nos había enseñado el mejor método para arreglar las amarras, soportamos aquella triste noche sin mucha inquietud, por más que a cada minuto nos veíamos inundados y en perpetuo peligro de que el mar nos arrebatase. Felizmente, el tiempo muy caluroso hacía casi agradable el agua.

25 de julio

Por la mañana la tempestad había calmado y el mar bajó tanto, que pudimos andar en seco por el puente; pero vimos con gran pesar que las oleadas nos habían arrebatado dos botes de aceitunas y todo el jamón, a pesar del cuidado con que los atamos. Resolvimos no matar aún la tortuga y nos contentamos por entonces con almorzar algunas aceitunas y una corta ración de agua mezclada con vino. Esta mezcla nos sirvió para fortalecernos y apagar la sed, y evitamos de este modo la dolorosa embriaguez producida por la botella de Oporto.

La mar estaba aún muy encrespada para que pudiésemos continuar nuestros ataques a la despensa. Durante el día, varios artículos, sin importancia para nosotros en aquella situación, subieron a la superficie por la abertura y resbalaron inmediatamente al mar. Observamos también que el casco del bergantín se inclinaba a la banda cada vez más, de modo que no podíamos tenernos de pie por un instante sin agarrarnos. El día fue melancólico y penoso para nosotros.

A las doce apareció el sol casi encima de nuestras cabezas, y no dudamos que los repetidos vientos de norte y noroeste nos habían empujado cerca del ecuador.

Al anochecer vimos algunos tiburones, y nos alarmó en extremo uno de ellos muy enorme que se acercó a nosotros con mucha audacia. Hubo un instante en que habiéndose hundido considerablemente el buque, el monstruo nadaba encima de nosotros; se agitó algunos momentos junto a la escotilla y azotó a Peters con la cola. Una fuerte oleada le hizo rodar al mar con gran satisfacción nuestra. A estar sereno el tiempo, nos hubiéramos apoderado fácilmente de él.

26 de julio

El viento ha cesado, y no estando muy gruesa la mar, hemos resuelto continuar pescando provisiones de la despensa. Después de un duro trabajo de todo el día, vimos que nada podíamos esperar por este lado, porque los tabiques se habían hundido durante la noche y las provisiones habían rodado a la cala. Este resultado, como puede presumirse, nos llenó de desesperación.

27 de julio

Mar casi unida, ligeras brisas del norte o del oeste como hasta aquí. Siendo muy ardiente el sol por la tarde, nos hemos ocupado en secar nuestros vestidos. Encontramos bastante alivio en la sed y un bienestar general bañándonos en el mar; pero nos ha sido precisa mucha prudencia, porque teníamos miedo de los tiburones por haber visto nadar algunos durante el día alrededor del bergantín.

28 de julio

Continuó el buen tiempo. El bergantín empezaba entonces a inclinarse de una manera tan alarmante, que temimos que se tumbara completamente, la carena para arriba, y nos dispusimos a esperar este resultado.

La tortuga, la vasija de agua y los dos botes de aceitunas que nos quedaban fueron asegurados de modo que no pudiéramos perderlos.

Mar unida todo el día con poco o ningún viento.

29 de julio

Continuación del mismo tiempo. El brazo de Augustus empezaba a presentar síntomas de gangrena. El pobre se quejaba de una modorra y de una sed excesiva; mas no de ningún dolor agudo. Nada podíamos hacer por aliviarle, sino frotarle las heridas con un poco del vinagre de las aceitunas, lo cual no le daba ningún consuelo. Hicimos por él cuanto estaba de nuestra parte y triplicamos su ración de agua.

30 de julio

Día extraordinariamente caluroso y sin viento. Un enorme tiburón se ha mantenido pegado junto al casco del buque durante toda la travesía. Hemos hecho varias tentativas infructuosas para cogerle con un lazo.

Augustus estaba peor y se iba debilitando, así por la falta de alimento necesario, como por efecto de sus heridas. Nos suplicaba sin cesar, que le librásemos de sus padecimientos, diciendo que sólo deseaba morir. Aquella tarde nos comimos las últimas aceitunas, y encontramos el agua de la vasija tan corrompida, que no podíamos beberla sin mezclarla con vino. Decidimos que por la mañana mataríamos la tortuga.

31 de julio

Después de una noche de inquietud y de fatigas excesivas, debidas a la posición del buque, nos pusimos a matar y despedazar la tortuga. Era ésta mucho menos fuerte de lo que habíamos creído y de buena calidad; la carne que pudimos sacar no pasaba de diez libras. Con objeto de conservar una porción todo el tiempo posible, la cortamos en pedazos pequeños, llenamos los tres botes y la botella y vertimos en la carne el vinagre de las aceitunas. De esta manera retiramos unas tres libras de tortura, con ánimo de no acudir a ellas sino después de haber consumido lo restante. Convinimos en limitarnos a una ración de cuatro onzas diarias, y el total debía durarnos por lo tanto trece días.

Al anochecer tuvimos lluvia densa acompañada de rayos y truenos; pero duró tan poco, que sólo logramos recoger una escasa cantidad de agua. De común acuerdo se la dimos toda a Augustus que cada vez estaba peor. Bebióse el agua del mismo lienzo a medida que la recogíamos, él acostado en el puente y nosotros sosteniendo el lienzo de manera que el agua le cayese en la boca, pues no podíamos recogerla a menos de vaciar el vino de la botella cubierta de mimbres o el agua de la vasija, aunque habríamos acudido a uno de esos medios si la lluvia hubiese durado.

Este remedio alivió escasamente al enfermo. Su brazo estaba negro desde la muñeca hasta el hombro y tenía los pies helados. A cada momento creíamos verle exhalar el último suspiro. Estaba demacrado lastimosamente, hasta el punto de que pesando ciento veintisiete libras al salir de Nantucket, apenas pesaría entonces «cuarenta o cincuenta a lo más». Tenía los ojos tan hundidos, que apenas se le veían, y la piel de las mejillas estaba tan floja que no podía comer ni beber sino con mucha dificultad.

1.º de agosto

El mismo tiempo: calma chicha; un sol abrasador. La sed nos hizo sufrir horriblemente; el agua de la vasija se había corrompido y estaba llena de gusanos. A pesar de ello, logramos beber una poca mezclándola con vino; pero la sed no se calmó del todo. Más alivio encontramos bañándonos en el mar; pero no pudimos acudir a este recurso sino a intervalos a causa de la continua presencia de los tiburones.

Entonces nos convencimos de que no había remedio para Augustus; evidentemente se moría y nada podíamos hacer para mitigar sus padecimientos que parecían horribles. A cosa del mediodía expiró en medio de violentas convulsiones y sin haber proferido una palabra en muchas horas. Su muerte nos infundió los más tristes presentimientos, y obró un efecto tan poderoso en nuestro espíritu, que permanecimos tendidos junto al cadáver todo el resto del día, sin hablar una palabra a no ser en voz baja.

Hasta después de cerrada la noche no nos sentimos con valor para levantarnos y echar el cadáver al agua. Estaba tan sumamente descompuesto, que como Peters tratara de levantarlo, se le quedó en la mano toda una pierna.

Cuando el cuerpo cayó al agua, descubrimos a la luz fosfórica que lo rodeaba, siete u ocho tiburones cuyos terribles dientes rechinaron, mientras se dividían la presa, con un crujido tan siniestro, que podía oírse a una milla de distancia. Este fúnebre sonido nos dejó horrorizados.

2 de agosto

Continuó el mismo tiempo; calma pesada; calor excesivo. El alba nos sorprendió en el mayor abatimiento y agotadas del todo las fuerzas. El agua de la vasija ya no era potable; se había convertido en una espesa masa gelatinosa, mezcla de fango y gusanos. Luego de haber lavado la vasija en el mar, echamos en ella un poco de vinagre de las botellas en que habíamos puesto a encurtir los trozos de la tortuga.

Ya no podíamos soportar la sed por más tiempo, y en vano procuramos aplacarla con vino que parecía aceite hirviendo y que nos embriagaba. Luego tratamos de aliviar nuestros sufrimientos mezclando el vino con el agua del mar; pero como nos causó violentas náuseas, desistimos de volver a tomar este brebaje.

Todo el día espiamos con ansiedad la ocasión de bañarnos, pero inútilmente, porque nuestro pontón estaba rodeado de tiburones, sin duda los mismos que habían devorado a nuestro pobre compañero la noche anterior, y que esperaban recibir a cada momento un nuevo regalo de la misma clase.

Esta circunstancia nos produjo el más vivo dolor y nos llenó de tristes presentimientos. El baño nos había procurado ya un alivio inconcebible y no podíamos creer en la desgracia de ver frustrado este recurso de una manera tan espantosa.

No nos hallábamos, por otra parte, libres de todo temor, ni al abrigo de un peligro inmediato, ya que un resbalón o un paso en falso podían echarnos al alcance de aquellos peces voraces que venían nadando a favor del viento y nos perseguían directamente. Ni gritos ni movimientos les asustaban; uno de ellos, al que Peters diera un hachazo dejándolo muy herido, no desistió por esto de seguirnos.

Al anochecer se levantó una nube; pero con sentimiento nuestro pasó sin descargar. Es imposible concebir lo mucho que nos hacía padecer la sed. A causa de estas angustias y también por miedo a los tiburones pasamos toda la noche sin dormir.

3 de agosto

Ninguna esperanza de alivio. El bergantín se inclinaba cada vez más hacia el costado, de modo que no podíamos estar de pie y pusimos en seguridad el vino y los restos de la tortuga, para que no los perdiéramos en caso de un tumbo. Arrancamos dos fuertes clavos de los portaobenques de mesana y con el hacha los fijamos en el casco por el lado del viento a unos dos pies distantes del agua y no muy lejos de la quilla. Amarramos a los clavos las provisiones, y, así, nos parecieron estar más en seguridad que en el punto donde antes las habíamos puesto.

Horribles padecimientos producidos por la sed durante todo el día. No tuvimos ocasión de bañarnos a causa de los tiburones que no nos dejaron un solo instante. Tampoco pudimos dormir.

4 de agosto

Poco antes de amanecer, notamos que el buque echaba la quilla al aire y procuramos que el movimiento no nos lanzara al mar. Al principio la revolución fue lenta y gradual y conseguimos trepar por el lado del viento, habiendo tenido la feliz idea de dejar arrastrar por los clavos que retenían nuestras provisiones el extremo de una cuerda; pero no habíamos calculado la celeridad de la fuerza impulsiva, y el movimiento era ya tal, que no nos permitía seguir trepando, de modo que antes de que lo advirtiéramos, nos vimos precipitados impetuosamente al mar, luchando algunas brazas debajo del nivel del agua con el enorme casco encima de nosotros.

Al caer al mar, me vi obligado a soltar la cuerda, y sintiendo que me hallaba completamente debajo del buque, se me agotaron todas las fuerzas, renuncié a salvarme y me resigné a morir.

También en esto me equivoqué; no había pensado en el rebote natural del buque por el lado del viento, y el torbellino de agua que subía, causado por la revolución parcial del casco, me empujó a la superficie más aprisa de lo que había caído. Al aparecer me encontré a unos veinte yards del pontón, a lo que pude juzgar.

El buque estaba vuelto, con la quilla al aire, y se balanceaba de babor a estribor y de proa a popa, rodeado de espumosos torbellinos. Peters había desaparecido. Una barrica de aceite y algunos otros artículos procedentes del bergantín flotaban aquí y allá a pocos pasos de mí.

Mi principal terror eran los tiburones que sabía no andaban lejos, y para ahuyentarlos, si era posible, moví el agua con las manos y los pies, según iba nadando hacia el casco, formando así una masa de espuma. Sin duda debí a esto mi salvación, porque antes de que el bergantín volcase, estaba tan poblado el mar de estos monstruos, que de seguro estuve durante mi trayecto en contacto con ellos.

Afortunadamente llegué al borde del buque sano y salvo; pero tan agotadas las fuerzas, que no habría podido encaramarme sin el auxilio de Peters, que habiendo trepado hasta la quilla por el lado opuesto del casco, me echó un cabo de la cuerda que habíamos enganchado a los clavos.

Habíamos apenas escapado de este peligro cuando nos encontramos con otro no menos inminente, el de morir de hambre. Todas las provisiones habían desaparecido, a pesar del cuidado que empleamos en asegurarlas; y no viendo ninguna posibilidad de procurarnos otras, nos entregamos ambos a la desesperación, sollozando como niños y sin procurar ninguno de los dos reanimar al otro.

Apenas podrá comprenderse semejante debilidad, y los que no se hayan encontrado en esta situación la juzgarán inverosímil; debe recordarse, empero, que nuestra inteligencia estaba tan desorganizada por aquella larga serie de privaciones y terrores, que no gozábamos en aquel momento de la luz de la razón. En los peligros subsiguientes, casi tan graves como los que he referido y tal vez más, he luchado con valor contra todos los rigores de mi situación, y Peters, como se verá, ha mostrado una filosofía estoica, casi tan inconcebible como la debilidad de aquel día. El temperamento moral ha sido causa de esta diferencia.

El vuelco del bergantín y la pérdida del vino y de la tortuga, aparte de la desaparición de los paños y de la vasija en que conservábamos el agua, no habían hecho nuestra situación mucho más miserable que antes, porque encontramos la carena y la quilla *cubiertas de una espesa capa de cirrópodos que nos proporcionaron un alimento excelente y de los más sustanciales.*

El accidente que tanto nos había intimidado era para nosotros más bien un beneficio que una desgracia. Nos había descubierto una mina de provisiones que no habríamos podido, aun atacándolas sin moderación, agotar en un mes, y había contribuido a aliviar nuestra posición, porque nos encontrábamos más cómodamente y menos expuestos que antes.

Sin embargo, la dificultad de procurarnos agua cerraba nuestros ojos a todos los beneficios que debíamos al cambio de posición. Para poder aprovechar en lo posible la primera lluvia que cayese, nos quitamos las camisas para hacer con ellas lo que habíamos hecho antes con los cobertores; pero no esperábamos recoger mucha por este medio, aun dadas las circunstancias más favorables. Ni sombra de nube vimos en todo el día y la sed fue en aumento. Por la noche Peters logró dormir una hora con un sueño agitado; en cuanto a mí, la intensidad de mis padecimientos no me permitió cerrar los ojos un solo instante.

5 de agosto

Una agradable brisa nos echó entre una masa de algas en las que tuvimos la suerte de descubrir once langostas que nos proporcionaron una comida deliciosa. Como las conchas eran muy tiernas las comimos también; observamos que excitaban menos la sed que los cirrópodos. No viendo tiburones entre las algas, nos atrevimos a bañarnos y permanecimos en el agua cuatro o cinco horas, durante las cuales sentimos una notable disminución en la sed. Un tanto repuestos y habiendo logrado conciliar el sueño, pasamos una noche menos penosa que la anterior.

6 de agosto

Este día fuimos favorecidos por una lluvia menuda y continua que duró desde mediodía hasta la caída de la tarde. Entonces deploramos amargamente la pérdida de la vasija y de la botella, porque a pesar de la insuficiencia de los medios que teníamos para recoger el agua, hubiéramos podido llenar una de ellas y tal vez las dos. Logramos, no obstante, aplacar los ardores de la sed, dejando que nuestras camisas se empapasen y exprimiendo luego en la boca el líquido bienhechor. En esta ocupación pasamos el día.

7 de agosto

Al salir el sol, descubrimos una vela al este, que se dirigía evidentemente hacia nosotros. Saludamos aquella espléndida aparición con un prolongado y débil grito de éxtasis, y empezamos inmediatamente a hacer todas las señales posibles, como tremolar las camisas, saltar tan alto como nos lo permitían las fuerzas y gritar con todo el vigor de nuestros pulmones, a pesar de que el buque estaba a una distancia de quince millas, por lo menos. Continuaba acercándose a nuestro casco, y comprendimos que si seguía gobernando en la misma dirección, infaliblemente pasaría cerca de nosotros y no dejaría de vernos.

Una hora después de haberle descubierto, distinguimos fácilmente los hombres en el puente. Era una goleta larga y chata, de arboladura muy inclinada hacia la proa y de numerosa tripulación. Experimentamos entonces una viva angustia, temiendo que no quisiera vernos y nos abandonara a nuestra suerte dejándonos morir en los restos de nuestro buque, acto de barbarie verdaderamente diabólico, no nuevo en el mar, por más increíble que parezca, y cometido por seres que se consideran como pertenecientes a la especie humana. Pero esta vez, gracias a Dios, estábamos destinados a engañarnos, porque muy pronto vimos un movimiento repentino a cubierta del buque desconocido que izó el pabellón inglés y se dirigió derechamente a nosotros.

Media hora después estábamos en la cámara. Aquella goleta era la *Jane Guy*, de Liverpool, capitán Guy, salida a la pesca del buey marino y al tráfico en los mares del sur y del Pacífico.

14. ALBATROS Y PINGÜINOS

La *Jane Guy* era una goleta de hermosa presencia, de ciento ochenta toneladas, muy afilada de proa y el velero más veloz que he visto en mi vida. Sin embargo, sus cualidades no eran las mejores para aguantar mucho y para el uso a que estaba destinada.

Para este servicio particular se necesita un buque de gran porte y de poco calado, esto es, de trescientas a trescientas cincuenta toneladas, de construcción distinta de la que se emplea para los mares del Sur, y bien armado. Sus anclas y cables deben ser más fuertes de lo que exigen otros servicios, y sobre todo debe tener una tripulación de cincuenta o sesenta hombres a lo menos.

La *Jane Guy* llevaba treinta y cinco tripulantes, sin contar el capitán y el piloto, todos buenos marinos; pero no estaba tan armada ni equipada como hubiera deseado un navegante familiarizàdo con los peligros y dificultades del oficio.

El capitán Guy era un caballero de modales muy distinguidos, notable conocedor del tráfico del sur, al que había consagrado la mayor parte de su vida; pero carecía de energía y del valor indispensable para empresas de esta clase. Era copropietario del buque en que navegaba y tenía poderes discrecionales para cruzar en los mares del Sur y embarcar cualquier cargamento que pudiera procurarse fácilmente. Como es costumbre en estas expediciones, llevaba a bordo collares, espejos, eslabones, hachas, seguros, sierras, azuelas, cepillos, tenazas, gubias, limas, barrenas, garlopas, martillos, clavos, escofines, cuchillos, tijeras, navajas, agujas, hilo, objetos de quincalla, bisutería común y otros artículos de la misma clase.

La goleta había salido de Liverpool el 10 de julio, pasó el trópico de Cáncer el 25 a veinte grados de longitud oeste, y el 29 había llegado a Sal, una de las islas de Cabo Verde, donde hizo las provisiones necesarias para el viaje.

El 8 de agosto dejó el Cabo Verde e hizo rumbo al suroeste en dirección a la costa del Brasil, para atravesar el ecuador entre el 28 y 30° de longitud oeste, camino que generalmente siguen los buques que van de Europa al Cabo de Buena Esperanza, o que se extienden más allá hasta las Indias orientales. Por este camino evitan las calmas y las fuertes corrientes contrarias que reinan constantemente en la costa de Guinea, de modo que bien mirado es el camino más corto, porque siempre hay seguridad de encontrar vientos del oeste que empujen los buques hasta el cabo.

El capitán Guy tenía intención de hacer su primer descanso en la tierra de Kerguelen, no sé por qué razón. El día que nos recogió estaba la goleta a la altura del cabo de San Roque a los 31° de longitud oeste, de modo que cuando nos descubrió, «probablemente nos habíamos separado por lo menos 25° de norte a sur».

A bordo de la *Jane Guy* fuimos tratados con toda la solicitud que reclamaba nuestra deplorable situación. En quince días, durante los cuales se hizo rumbo constantemente al sureste, con hermoso tiempo y viento favorable, Peters y yo nos repusimos de nuestras últimas privaciones y padecimientos, y muy pronto el pasado se nos presentó más bien como un sueño espantoso, del que por fortuna habíamos despertado, que como una serie de acontecimientos reales y positivos. Más tarde he tenido ocasión de observar que esta especie de olvido parcial suele convertirse, de pronto, de alegría en dolor o de dolor en alegría, siendo siempre proporcionado el poder del olvido a la energía del contraste, y así parecíame entonces imposible que hubiese podido soportar durante los días pasados en el pontón tantas miserias. Recuerdo aún los incidentes, pero no las sensaciones engendradas por las circunstancias, y sólo puedo decir que a medida que aquellos sucesos se producían, me convencía más y más de que la naturaleza humana era incapaz de soportar un dolor más intenso que el que habíamos sufrido.

Durante algunas semanas seguimos navegando sin novedad, encontrando de vez en cuando algunos ballenatos y aun con más frecuencia ballenas negras, llamadas así para distinguirlas de los cachalotes. Las encontramos sobre todo al sur del paralelo 25.

El 16 de septiembre, hallándonos cerca del Cabo de Buena Esperanza, la goleta sufrió el primer embate serio desde su salida de Liverpool. En aquellos parajes y especialmente al sur y al este del promontorio (estábamos al oeste) los navegantes tienen que luchar contra las tempestades del norte que se levantan con espantosa furia y llevan siempre consigo un fuerte oleaje, siendo uno de sus caracteres más peligrosos la súbita variación del viento, accidente que casi siempre se verifica en lo más recio de la tempestad. En un momento dado estará soplando un verdadero huracán del norte o del nordeste y un momento después no se sentirá un soplo de viento del mismo lado, sino del suroeste o de allí donde habrá «saltado» la tempestad, y con una fuerza inconcebible. Un claro al suroeste es el síntoma precursor más seguro de este cambio y en el que tienen los buques un aviso para tomar las precauciones necesarias.

Serían las seis de la mañana cuando nos asaltó la tempestad del norte como de costumbre con una ráfaga que ninguna nube había anunciado. A las ocho el viento había crecido considerablemente embraveciendo el mar de la manera más espantosa. Se habían cargado todas las velas lo mejor posible; pero la goleta se fatigaba horriblemente y daba señales de no poder resistir, picando violentamente de proa cada vez que bajaba sobre la ola, y remontándose con mucha dificultad, con peligro de hundirse bajo el peso de otra ola. Antes de ponerse el sol, el claro que esperábamos con impaciencia apareció al suroeste, y una hora después nuestra única vela de proa soltaba la relinga al viento. Dos minutos más, y a despecho de todas nuestras precauciones habríamos sido arrojados como por magia a la costa y un horrible torbellino de espuma se habría estrellado de través contra nosotros. Por fortuna el ventarrón de suroeste no era más que una racha momentánea y tuvimos la suerte de escapar sin avería. Una gruesa mar ahuecada nos causó durante algunas horas mucha inquietud; pero por la mañana nos encontramos casi en las mismas buenas condiciones que antes de la tempestad. El capitán Guy creyó que habíamos escapado de buena y que nuestra salvación era casi un milagro.

El 13 de octubre llegamos a la vista de la isla del Príncipe Eduardo, 46° 53′ de latitud sur y 37° 46′ de longitud este. Dos días después nos encontrábamos cerca de la isla de la Posesión y doblamos muy pronto las islas de Crozet a los 42° 59' de latitud sur y 48° de longitud este. El 18 llegamos a la isla de Kerguelen o de la Desolación, en el océano Indico del sur, y echamos el ancla en Christmas Harbour con cuatro brazas de agua.

Esta isla o más bien este grupo de islas está situado al sureste del Cabo de Buena Esperanza a la distancia de 800 leguas próximamente. Fue descubierta en 1772 por el barón Kergulen o Kerguelen, francés, que presumiendo que aquella tierra era parte de un vasto continente en el sur, publicó a su regreso una memoria en este sentido que excitó en alto grado la curiosidad. El gobierno al saberlo volvió a enviar al barón el año siguiente, con objeto de que prosiguiera en sus descubrimientos, y entonces se descubrió el error. En 1777 el capitán Cook desembarcó en la misma isla a la cual dio el nombre de isla de la Desolación, nombre que indudablemente merece.

Acercándose a la tierra el navegante puede creer lo contrario y engañarse, porque la pendiente de casi todas las colinas está tapizada desde septiembre hasta marzo de la más espléndida verdura. Produce este aspecto ilusorio una pequeña planta que se parece a las saxífragas y que abunda en las islas creciendo sobre una especie de musgo sin consistencia. Salvo esta planta, apenas se encuentran señales de vegetación, si se exceptúa cerca del puerto un poco de césped salvaje y duro, algunos líquenes y un arbusto parecido a la col del todo sazonada y que tiene un gusto amargo y acre.

El aspecto del país es montañoso aunque ninguna de sus colinas merece el nombre de montaña. Sus cumbres están constantemente cubiertas de nieve. Hay muchos puertos, y Christmas Harbour es el más cómodo. Es el primero que se encuentra al este de la isla, cuando se ha doblado el cabo Francisco que marca el norte, sirve por su forma particular para distinguir el puerto y termina en una roca muy alta horadada de manera que forma un arco natural. Pasado este arco, se encuentra un buen fondeadero al abrigo de algunas islas pequeñas que protegen bastante contra los vientos del este. Partiendo de este fondeadero y avanzando hacia el este, se encuentra Wasp Bay a la entrada del puerto. Es una pequeña bahía completamente cerrada por la tierra, en la que se puede entrar con cuatro brazas de agua y hallar de diez a tres para fondear. Un buque puede permanecer allí todo un año con la segunda ancla sin peligro alguno. A la entrada de Wasp Bay, al oeste, corre un arroyuelo que proporciona agua excelente que se puede tomar con facilidad.

Hay en la isla de Kerguelen algunos bueyes marinos y abundan las focas de trompa o elefantes de mar. Se encuentran también muchos pingüinos y los hay de cuatro familias diferentes. El pingüino real, llamado así por su talle y la hermosura de su plumaje, es el mayor de todos. La parte superior de su cuerpo es por lo común gris, algunas veces con pintas lila: la inferior es del blanco más puro que se puede imaginar. La cabeza es de un negro lustroso y muy brillante, así como los pies; pero la belleza principal del plumaje consiste en dos anchas listas color de oro que bajan de la cabeza hasta el pecho. El pico es largo, unas veces rosado y otras de un rojo encendido. Estas aves caminan muy derechas, con ademán pomposo; llevan la cabeza alta, las alas caídas como brazos, y como la cola sale fuera del cuerpo en la misma línea que los muslos, su semejanza con el cuerpo humano es extremada y suele engañar al que las ve de pronto o en el crepúsculo de la tarde. Los pingüinos reales que encontramos en la tierra de Kerguelen eran algo mayores que patos. Los otros géneros son: el «macaroni», el pájaro bobo y el pingüino nidal. Estos son mucho más pequeños, de plumaje menos hermoso y diferentes en todos sentidos.

Además de estas aves se encuentran también en la misma isla otras muchas, entre las cuales pueden citarse el loco, el petrel azul, la cerceta, el pato, la gallina de «Port-Egmont», el cuervo marino verde, el palomo del Cabo, la golondrina de mar, el petrel de las tempestades, el gran petrel, y en fin el albatros.

El gran petrel es tan grande como el albatros común y además es carnívoro. Se le llama frecuentemente petrel-quebranta-huesos. Estas aves no son del todo salvajes, y convenientemente sazonadas son un alimento muy regular. Algunas veces casi tocan con las alas la superficie del agua pareciendo que no las mueven ni las necesitan para volar.

El albatros es una de las aves más grandes y más ligeras de los mares del sur. Pertenece a la especie de las gaviotas, se apodera al vuelo de su presa, no posándose nunca en tierra sino para ocuparse de sus hijuelos, y está unido al pingüino por la simpatía más singular. Bajo un plan concertado entre ambas especies construyen una y otra sus nidos de una manera igual, estando colocado el del albatros en el centro de un pequeño cuadro formado por los nidos de cuatro pingüinos. Los navegantes suelen llamar a esta especie de colonia o reunión de nidos un nidal. Estas colonias han sido descritas más de una vez; pero como quizá no todos nuestros lectores han leído estas descripciones y como más tarde tendré ocasión de hablar del pingüino y del albatros, creo oportuno decir algunas palabras sobre estas aves.

Llegada la época de la incubación, se reúnen en numerosas bandadas, y durante algunos días parece como que deliberan sobre el método que han de seguir, hasta que proceden a obrar. Entonces escogen una extensión conveniente de terreno unido de tres o cuatro acres y situada lo más cerca posible del mar, aunque fuera del alcance de las olas. Lo que particularmente les dirige en la elección del sitio es la igualdad de la superficie del terreno, y el punto preferido es el que está menos poblado de piedras. Decidida esta cuestión, se ponen de común acuerdo y como animados por una sola idea, a trazar con una corrección matemática un cuadrado o un paralelogramo de bastante capacidad para vivienda de toda la población y no para más, pareciendo expresar así la intención de cerrar la colonia a todo vagabundo que no haya tomado parte en los trabajos del campamento. Uno de los lados de la plaza corre paralelo a la orilla del mar y queda abierto para las aves que entran o salen.

Después de haber trazado los límites de la vivienda, empiezan a desembarazarla de obstáculos, recogiendo piedra por piedra y llevándola afuera, pero cerca de las líneas de circunvalación, para levantar una muralla en los tres costados que miran a la tierra. Contra este muro y por la parte de dentro forman una calle perfectamente llana y unida, ancha de seis a ocho pies, que se extiende alrededor del campamento y establece una especie de pasadizo común.

La operación que sigue consiste en dividir todo el terreno en pequeños cuadrados absolutamente iguales en dimensiones. Para obtener esta división hacen senderos estrechos perfectamente llanos y que se cruzan en ángulos rectos por toda la extensión del campo señalado. En cada intersección se encuentra un nido de albatros y en el centro de cada cuadro, otro de pingüino, de modo que cada uno de éstos está rodeado de cuatro albatros, y cada albatros, de un número igual de pingüino. El nido de estos últimos consiste en un agujero abierto en la tierra, de profundidad necesaria para que no ruede el huevo único. El albatros adopta un método menos sencillo; con algas, conchas y tierra forma un montecillo alto de un pie y ancho de dos y en la cumbre hace su nido.

Las aves tienen especial cuidado en no dejar nunca desiertos los nidos durante todo el tiempo de la incubación y hasta que la prole es bastante fuerte para proveerse a sí misma. Mientras el macho está en el mar en busca de alimento, la hembra permanece en el nido y sólo se permite salir cuando vuelve el otro compañero. Los huevos no quedan jamás descubiertos; cuando un pájaro ocupa el nido, lo deja el otro. Esta precaución es indispensable, porque la propensión al hurto reina en la colonia y los habitantes no tienen escrúpulo en quitarse los huevos unos a otros siempre que se les presenta ocasión.

Aunque existen algunos establecimientos de esta clase poblados únicamente de pingüinos y de albatros, se encuentran, sin embargo, en la mayor parte una gran variedad de aves oceánicas que gozan de todos los derechos de ciudadanía, teniendo sus nidos aquí y allá, donde quiera que pueden encontrar sitio, pero no usurpando nunca el que ocupan las especies mayores.

El aspecto de estas colonias vistas de lejos es muy singular. Todo el espacio atmosférico que existe sobre ellas está oscurecido por una nube de albatros (mezclados con especies más pequeñas) que vuelan de continuo sobre el campamento, saliendo para el mar o entrando en su vivienda. Al mismo tiempo se ve una multitud de pingüinos que van y vienen por los senderos y otros que andan, con el aire militar pomposo que les caracteriza, por el pasadizo común que rodea la ciudad. En una palabra, bajo cualquier punto de vista que se considere la colonia, nada más sorprendente que la reflexión que demuestran aquellos seres cubiertos de pluma, y nada de seguro más a propósito para excitar la meditación en toda inteligencia humana bien ordenada.

La mañana misma de nuestra llegada a Christmas Harbour, el piloto, M. Patterson, mandó echar las embarcaciones al mar para ir en busca del buey marino a pesar de estar poco avanzada la estación, y dejó al capitán con un joven pariente suyo en un punto de la playa al oeste, pues estos señores tenían probablemente algo que hacer en el interior de la isla.

El capitán Guy se llevó consigo una botella dentro de la que había una carta cerrada y desde el punto donde desembarcó dirigióse a uno de los picos más altos de la isla. Es de presumir que intentase dejar la carta en aquella altura para algún buque que sabía había de llegar después de él.

Tan pronto como le perdimos de vista, pues Peters y yo estábamos en la lancha del piloto empezamos a explorar la costa en busca del buey marino. En esta tarea empleamos tres semanas aproximadamente, examinando con minucioso cuidado todos los rincones y recodos, no sólo de la tierra de Kerguelen, sino también de algunos islotes vecinos; pero nuestras pesquisas no obtuvieron éxito completo. Vimos muchas focas, pero sumamente sospechosas, y con mucho trabajo no pudimos procurarnos más que trescientas cincuenta pieles. Los elefantes de mar o focas de trompa abundan particularmente en la costa este de la isla principal; pero sólo matamos unas veinte y aun con gran dificultad. En los islotes descubrimos un gran número de focas de piel áspera, pero las dejamos tranquilas.

El día 11 de noviembre volvimos a bordo de

la goleta, donde hallamos al capitán Guy y su sobrino, que nos hicieron del interior de la isla una detestable pintura, presentándola como una de las comarcas más tristes y estériles del universo. Habían pasado dos noches en tierra, gracias a un mal entendimiento entre ellos y el piloto que no les había enviado tan pronto como era necesario una embarcación para llevarlos a bordo.

15. ¿ISLAS DESAPARECIDAS?

El día 12 salimos de Christmas Harbour, emprendiendo de nuevo nuestro camino hacia el oeste, y dejando a babor la isla de Marion, una de las del archipiélago Crozet. Pasamos en seguida la isla del Príncipe Eduardo que dejamos también a la izquierda, y después gobernando más al norte, llegamos en quince días a las islas de Tristán da Cunha, situadas a 38° 8′ de latitud sur y 12° 8′ de longitud oeste.

Este grupo, tan conocido hoy y que se compone de tres islas circulares, fue descubierto por los portugueses, visitado por los holandeses en 1643 y por los franceses en 1767. Las tres islas forman un triángulo y distan una de otra diez millas aproximadamente, existiendo por lo tanto entre ellas anchos pasajes. En las tres es muy alta la costa, particularmente en la llamada Tristán de Cunha. Esta isla es la mayor del grupo, tiene quince millas de circunferencia, y está tan elevada, que en tiempo sereno se la puede distinguir desde una distancia de ochenta a noventa millas. Una parte de la costa hacia el norte se levanta perpendicularmente más de mil pies sobre el mar, y en aquella altura existe un llano que se extiende hasta el centro de la isla y en él se alza un cono, semejante al pico de Tenerife. La mitad inferior de este cono está cubierta de árboles corpulentos, y la región superior es una roca pelada, comúnmente oculta por las nubes y cubierta de nieve durante la mayor parte del año. En los alrededores de la isla no hay peligros de ninguna clase; las playas son muy limpias y las aguas profundas. En la costa del noroeste existe una bahía con una playa de arena negra donde una canoa puede atracar fácilmente con ayuda del viento del sur. Se encuentra sin trabajo agua excelente y abundante, y se pescan con anzuelo y con caña el abadejo y otros pescados...

La isla que sigue a la de que acabamos de hablar y que se halla al oeste del grupo se llama la Inaccesible y su posición exacta es a los 37° 17′ de latitud sur y 12° 24′ de longitud oeste. Tiene siete u ocho millas de circunferencia y por todos lados se presenta bajo el aspecto de una muralla levantada a pico: la cima es perfectamente llana, el suelo estéril y no se ve en él más que algunos arbustos achaparrados.

La isla Nightingale, la más pequeña y más al sur, está situada a los 37° 26′ de latitud sur y 12° 12′ de longitud oeste. En uno de sus extremos tiene un arrecife bastante alto formado por pequeños islotes de roca. El terreno es estéril e irregular y atraviesa la isla una hondonada profunda.

Las costas de estas islas abundan durante cierta estación en leones marinos, elefantes, bueyes y focas y en aves oceánicas de todas especies. También la ballena suele encontrarse en aquellos mares. La facilidad con que en otro tiempo eran cogidos estos diferentes animales hizo que este grupo de islas fuese muy visitado desde su descubrimiento. Los holandeses y franceses fueron los que las frecuentaron más a menudo.

En 1790 el capitán Patten, comandante del navío *Industry,* de Filadelfia, hizo un viaje a Tristán da Cunha, donde permaneció siete meses, desde agosto de 1790 hasta abril de 1791, para recoger pieles de bueyes marinos. Durante este período recogió cinco mil seiscientas, y aseguró que le hubiera costado poco reunir en tres semanas el cargamento de aceite necesario para un gran buque. A su llegada no encontró otros cuadrúpedos que algunas cabras montesas; pero ahora la isla está poblada de nuestros mejores animales domésticos que los navegantes han introducido sucesivamente.

Poco tiempo después de la expedición del capitán Patten, según creo, tocó a la mayor de las islas para tomar vituallas el capitán Colquhoun del bergantín americano *Betsey,* quien plantó cebollas, patatas, coles, y muchas legumbres que hoy abundan en ella.

En 1811 un capitán llamado Haywood, del *Nereus,* visitó las islas de Tristán y encontró en ellas a tres americanos que se habían quedado para preparar aceite y pieles de bueyes marinos. Uno de estos hombres se llamaba Jonathan Lambert y se intitulaba soberano del país. Había desmontado y cultivado sesenta acres de tierra aproximadamente, y a la sazón procuraba introducir el café y la caña de azúcar que le había proporcionado el ministro americano en Río de Janeiro.

Este establecimiento fue abandonado, y en 1817 el gobierno inglés envió un destacamento del Cabo de Buena Esperanza para tomar posesión de las islas. Sin embargo, los nuevos colonos no permanecieron en ellas mucho tiempo; pero después de la evacuación del país como posesión de la Gran Bretaña, dos o tres familias inglesas fueron a establecerse allí sin apoyo del gobierno.

En 25 de marzo de 1824 el *Berwick,* capitán Jeffrey, procedente de Londres con destino a la Tierra de Van-Diemen, tocó en la isla, encontrando en ella a un inglés llamado Glass, ex cabo de la artillería inglesa, que se abrogaba el título de gobernador supremo de las islas y tenía por súbditos veintiún hombres y tres mujeres. Este gobernador se expresó muy favorablemente con respecto a la salubridad del clima y a la fertilidad del suelo. La pequeña población se ocupaba principalmente en recoger pieles de foca y aceite de elefante marino, tráfico que Glass, que era propietario de una pequeña goleta, hacía con el Cabo de Buena Esperanza.

En la época de nuestra llegada el gobernador residía aún en la isla, la pequeña colonia se había multiplicado, y había en Tristán da Cunha sesenta y cinco individuos, sin contar una colonia secundaria de siete personas en la isla Nightingale. Poco nos costó abastecernos convenientemente, porque los carneros, los cerdos, los bueyes, los conejos, las aves, las cabras, el pescado de diferentes especies y las legumbres abundaban extraordinariamente.

Anclamos no lejos de la mayor de las islas, en dieciocho brazas de fondo, y nos proveímos muy fácilmente de todo cuanto necesitábamos. El capitán Guy compró también a Glass quinientas pieles de focas y una cantidad de marfil. Una semana permanecimos allí, reinando durante ella vientos del noroeste, con tiempo un tanto brumoso, y el día 5 de diciembre singlamos hacia el suroeste para hacer una exploración positiva a cierto grupo de islas llamadas las Auroras, sobre cuya existencia se han emitido las más encontradas opiniones.

Pretenden unos que estas islas fueron descubiertas en 1762 por el comandante de la fragata *Aurora*. El capitán Manuel de Oyarvido de la fragata *Princess*, perteneciente a la compañía real de Filipinas, afirma que pasó directamente por entre aquellas islas en 1790. En 1794 la corbeta española *Atrevida* partió con objeto de averiguar su posición exacta, y en una memoria publicada por la Real Sociedad Hidrográfica de Madrid en 1809 se habla de esta expedición en los siguientes términos:

«La corbeta *Atrevida* ha hecho en las inmediaciones de estas islas, del 21 al 27 de enero, todas las observaciones necesarias y ha medido con cronómetros la diferencia de longitud entre estas islas y el puerto de Soledad en las Malvinas. Son tres, situadas casi en un mismo meridiano, la de en medio algo más baja, y las otras dos se ven a una distancia de nueve leguas.»

Las observaciones hechas a bordo de la *Atrevida* dan los resultados siguientes con respecto a la posición exacta de cada isla: la que se halla más al norte está situada a 52° 37'24" de latitud sur y 47° 43'15" de longitud oeste; la de en medio a 53° 2'40" de latitud sur y a 47° 55'15" de longitud oeste; finalmente la que ocupa la extremidad sur se halla a 53° 15'22" de latitud sur y a 47° 57'15" de longitud oeste.

El 27 de enero de 1820 el capitán James Weddell, perteneciente a la marina inglesa, se hizo a la vela en Staten Land, con el solo objeto de descubrir las Auroras. En la relación que de este viaje hizo dice que a pesar de las investigaciones más laboriosas y de haber pasado no sólo por los mismos puntos indicados por el comandante de la *Atrevida*, sino también por sus alrededores, no pudo descubrir ningún indicio de tierra. Estas relaciones contradictorias han movido a otros navegantes a buscar las islas, y, cosa extraña, mientras los unos surcaban el mar en todas las direcciones indicadas sin poder descubrir aquéllas, los otros, y son muchos, declaran haberlas visto y aun haberse hallado en la proximidad de sus costas. El capitán Guy tenía intención de hacer todos los esfuerzos posibles para resolver una cuestión tan debatida (1).

Continuamos nuestro rumbo entre el sur y el oeste, con tiempos variables hasta el día 20 del mismo mes, y nos hallamos al fin en el lugar objeto de la discusión, esto es, casi en el indicado como posición de la isla meridional del grupo. Como no veíamos señales de tierra, seguimos hacia el oeste, desde 53° de latitud sur hasta 50° de longitud oeste. Entonces nos dirigimos al norte hasta el 52 paralelo de latitud sur; luego hicimos rumbo al este y tuvimos el paralelo por doble altura mañana y tarde, y por las alturas meridionales de los planetas y de la luna. Habiendo andado así hacia el este hasta la costa del oeste de Georgia, seguimos aquel meridiano hasta llegar a la latitud de que habíamos partido. Después hicimos muchas diagonales por toda la extensión del mar circunscrito, teniendo perenne un vigía en la punta del mástil y repitiendo cuidadosamente nuestro examen por espacio de tres semanas, durante las cuales tuvimos siempre tiempo hermoso y agradable y sin bruma alguna. Nos convencimos, pues, de que si habían existido islas en aquellas cercanías en otra época, ya no quedaba de ellas ningún vestigio.

---

(1) Entre los buques que pretenden haber encontrado las Auroras, pueden citarse la fragata "San Miguel", en 1769; la fragata "Aurora", en 1774; el brick "Pearl", en 1779, y la fragata "Dolores", en 1790. Todos están unánimes en cuanto a la latitud 53° Sur.

Después de haber regresado al hogar doméstico, he sabido que aquellos mares han sido detenidamente recorridos en 1822 por el capitán Johnson de la goleta americana *Henry*, y por el capitán Morrell de la goleta americana *Wasp;* pero estos dos marinos no obtuvieron mejores resultados que nosotros.

16. HACIA EL POLO

Entraba primitivamente en las intenciones del capitán Guy cruzar, después de haber satisfecho su curiosidad respecto a las Auroras, el estrecho de Magallanes y recorrer la costa occidental de Patagonia; pero noticias que recibió en Tristán da Cunha le obligaron a gobernar hacia el sur, con la esperanza de descubrir algunos islotes que, según le habían dicho, estaban situados a los 60º de latitud sur y 41° 20' de longitud oeste. En caso de no encontrar estas tierras, tenía el proyecto, si la estación lo permitía, de dirigirse al polo. Con este objeto el 12 de diciembre (1) emprendimos aquel rumbo.

El 18 nos encontramos en la posición indicada por Glass y cruzamos tres días los alrededores, sin descubrir señales de islotes.

El 21, aprovechando el tiempo, que era muy hermoso, pusimos la proa al sur, con la resolución de navegar en este sentido lo más lejos posible.

Antes de entrar en esta parte de mi relato,

(1) Es sin duda error de fecha.

creo oportuno para conocimiento de los lectores que no han seguido con atención la serie de descubrimientos en aquellas regiones, referir brevemente algunas tentativas hechas hasta entonces para llegar al Polo Sur.

La expedición del capitán Cook es la primera de la que tenemos datos positivos. En 1772 se hizo a la vela hacia el sur, mandando la *Resolution*, acompañado del lugarteniente Furneaux, comandante de la *Adventure*. En diciembre se hallaba en el 58 paralelo de latitud sur por los 26° 57' de longitud este. Allí encontró bancos de hielo de ocho a diez pulgadas de espesor, extendiéndose al noroeste y al suroeste. Este hielo estaba tan sólidamente amontonado, que los buques se abrían paso con mucho trabajo.

El capitán Cook, juzgando por las muchas aves que veía y por otros indicios, supuso que estaba próximo a alguna tierra. Continuó hacia el sur, con tiempo excesivamente frío, hasta el 64 paralelo, por 38° 14' de longitud este. Allí encontró una agradable temperatura con brisas apacibles durante cinco días, marcando el termómetro 36 grados (Fahrenheit).

En enero de 1773 los buques atravesaban el círculo Antártico, pero no pudieron penetrar más lejos, porque llegados a 67° 15' de latitud, se vieron detenidos por una masa inmensa de hielos que se extendía por todo el horizonte sur tanto como alcanzaba la vista. Estos hielos variaban en cantidad y algunos bancos tenían muchas millas de extensión, formando una masa compacta y elevándose 18 a 20 pies sobre el nivel del mar. La estación estaba adelantada, y, desesperando de poder vencer estos obstáculos, el capitán Cook hizo rumbo, con sentimiento, hacia el norte.

En el siguiente mes de noviembre emprendió de nuevo su viaje de exploración hacia el polo Antártico y a los 59° 40' de latitud encontró una fuerte corriente que conducía al sur. En diciembre, hallándose los buques a los 67° 31' de latitud y 142° 54' de longitud oeste, sintieron un frío excesivo, reinando nieblas y grandes vientos. Allí las aves eran también muy numerosas; el albatros, el pingüino y el petrel. A los 70° 23' de latitud encontraron algunas vastas islas de hielo, y, un poco más lejos, las nubes hacia el sur aparecieron blancas como si fueran de nieve, lo cual indicaba la proximidad de grandes masas de hielo. A los 71° 16' de latitud y 106° 54' de longitud oeste los navegantes fueron detenidos, como la primera vez, por una inmensa extensión de mar helado que limitaba toda la línea del horizonte al sur. El punto norte de aquella llanura de hielo estaba erizada y tan sólidamente unida que formaba una barrera insuperable de más de una milla de ancho. Al otro lado de la superficie de los hielos parecía comparativamente más baja, hasta que en fin su límite más apartado era un anfiteatro de gigantescas montañas de hielo, escalonadas las unas sobre las otras.

El capitán Cook dedujo que aquella vasta extensión confinaba con el polo o con un continente. M. J. N. Reynolds cuyos valientes esfuerzos y perseverancia consiguieron armar una expedición nacional cuyo objeto parcial era el de explorar aquellas regiones, habla en estos términos del viaje de la *Resolution*:

«No nos sorprende que el capitán Cook no pudiera pasar más allá de los 71° 16' de latitud; pero nos admira que haya podido llegar a este punto por 106° 54' de longitud oeste. La tierra de Palmer está situada al sur de las islas Shetland a 64° de latitud y se extiende al suroeste más lejos de donde ningún navegante ha podido penetrar hasta el día. Cook hacía rumbo hacia esta tierra, cuando fue detenido por el hielo, caso que se reproducirá siempre, así lo tememos, y sobre todo en una estación tan poco avanzada como el 6 de enero, y no extrañaríamos que una porción de las montañas de hielo de que se trata estuviese adherida al cuerpo principal de la tierra de Palmer, o a algún otro punto del continente situado más adelante hacia el suroeste.»

En 1803, el emperador de Rusia, Alejandro, encargó a los capitanes Kreutzenstern y Lisiausky un gran viaje de circunnavegación. En sus esfuerzos para avanzar hacia el sur, no pudieron ir más allá de 59° 58' de latitud y 70° 15' de longitud oeste. Allí encontraron fuertes corrientes que conducían al este. La ballena era abundante; pero no vieron hielos. Hablando de este viaje, M. Reynolds observa que, si Kreutzenstern hubiera llegado a aquel punto en una estación menos avanzada, habría hallado hielos, pues era en marzo cuando llegaba a la latitud designada. Los vientos que reinan de suroeste, durante este mes, habían con ayuda de las corrientes empujado los bancos de nieve hacia aquella región helada, cuyos límites por el norte es la Georgia, al este las Sandwich y las Orkneys del sur, y al oeste las Shetland también del sur.

En 1822 el capitán James Weddell, perteneciente a la marina inglesa, penetró con dos pequeños buques más lejos por la parte del sur que ningún navegante de los que le habían precedido y sin encontrar extraordinarias dificultades. Cuenta este marino que, a pesar de haberse hallado frecuentemente circuido de hielos «antes» de llegar al 72 paralelo, sin embargo, en este punto no vio un solo pedazo, y que habiendo avanzado hasta 74° 15' de latitud, no vio vastas extensiones de hielo, sino solamente tres islotes.

Lo singular es que a pesar de haber visto numerosas bandadas de aves y otros indicios de tierra, y que al sur de las Shetland el vigía señalase costas desconocidas que se extendían hacia el sur, Weddell haya persistido en rechazar la idea de que pudiera existir un continente en las regiones polares del sur.

En 11 de enero de 1823 el capitán Benjamín Morrell, de la goleta americana *Wasp*, salió de la tierra de Kerguelen con intención de avanzar lo más lejos posible hacia el sur. El 1.º de febrero se encontró a 64° 52' de latitud sur y 118° 25' de longitud este. De su diario extracto el siguiente pasaje correspondiente a aquella fecha:

«El viento refrescó pronto y se convirtió en brisa con la que hacíamos once nudos; aprovechamos la ocasión para dirigirnos al este, plenamente convencidos de que cuanto más avanzaríamos en el sur más allá de los 64°, menos tendríamos que temer los hielos; gobernamos un poco hacia el sur, y habiendo franqueado el círculo Antártico avanzamos hasta 69° 15' de latitud sur. No hallamos ninguna llanura de hielo; sólo sí algunos islotes de hielo a alguna distancia de nosotros.»

Con fecha 14 de marzo encuentro esta nota en el mismo diario:

«El mar estaba completamente libre de vastos bancos y no veíamos más de una docena de islotes de hielo. La temperatura del aire y del agua era por lo menos 13 grados más elevada de lo que la habíamos hallado entre los 60 y 62 paralelos sur. Estábamos entonces a los 70° 14' de latitud sur; la temperatura del aire era de 47° y la del agua de 44°. Calculamos entonces que la desviación de la brújula era de 14° 27' hasta el este por azimut... He atravesado muchas veces el círculo Antártico por diferentes meridianos, y he observado siempre que la temperatura del aire y del agua se templa más y más a medida que avanzaba más allá de 65 grados de latitud sur y que la declinación magnética disminuía en la misma proporción. Mientras me hallaba al norte de esta latitud, esto es, entre 60° y 65°, el buque con mucho trabajo se abría paso por entre enormes e innumerables islas de hielo, algunas de las cuales tenían de una a dos millas de circunferencia y se elevaban a más de quinientos pies sobre el nivel del mar.»

Hallándose casi sin agua y sin combustible, privado de instrumentos necesarios y estando la estación muy adelantada, el capitán Morrell tuvo que volverse sin tratar de ir más lejos hacia el sur, por más que un mar completamente libre se presentaba delante de él. Pretende este navegante que, si estas consideraciones imperiosas no le hubieran obligado a regresar, habría penetrado si no hasta el polo a lo menos hasta el 85 paralelo.

Algo minucioso he sido en la materia, pero de intento, para que el lector pueda juzgar hasta qué punto las ideas del capitán Morrell han sido confirmadas por mi propia experiencia.

En 1831, el capitán Briscoe, que navegaba por cuenta de los señores Enderby, armadores balleneros de Londres, se hizo a la vela en el bergantín *Livelly,* acompañado del cúter *Tula,* en dirección a los mares del sur. El 28 de febrero, hallándose a 66° 30' de latitud sur y 47° 41' de longitud este, vio tierra y «descubrió claramente por entre la nieve los picos negros de una cordillera de montañas que se extendían hacia el este-sureste». En aquellos parajes permaneció durante el mes de marzo, pero no pudo acercarse de diez leguas a la costa, en razón del mal tiempo. Viendo que le era imposible hacer ningún descubrimiento durante aquella estación, puso el cabo al norte y fue a invernar a la tierra de Van Diemen.

A principios de 1832 dirigióse nuevamente al sur y el 4 de febrero vio tierra al sudeste a los 67° 15' de latitud y 69° 29' de longitud oeste. La tierra que vio era una isla situada cerca de la parte avanzada de la región que antes había descubierto. El 21 del mismo mes logró desembarcar en ella y tomó posesión en nombre de Guillermo IV dándole el nombre de la isla Adelaida en honor de la reina de Inglaterra.

Habiéndose transmitido estos detalles a la Real Sociedad Geográfica de Londres, dedujo que una vasta extensión de tierra continuaba sin interrupción desde los 47° 30′ de longitud este hasta 69° 29′ de longitud oeste, entre los grados 66 y 67 de latitud sur.

Con respecto a esta deducción, M. Reynolds observa lo siguiente: «No podemos adoptar esta conclusión como racional, y los descubrimientos de Briscoe no justifican semejante hipótesis. Precisamente por entre este espacio navegó Weddell hacia el sur siguiendo un meridiano al este de la Georgia, de las Sandwich, de la Orkney del sur y de las islas Shetland.»

Luego se verá que mi propia experiencia sirve para demostrar más claramente la inexactitud de las deducciones admitidas por la Sociedad.

Tales son las principales tentativas que se han hecho para penetrar hasta una elevada latitud sur, y aparece de lo que acabamos de decir que antes del viaje de la *Jane Guy* quedaban aún 300 grados aproximadamente de longitud en los cuales no se había penetrado más allá del círculo Antártico. Podemos decir, pues, que delante de nosotros se abría un vasto campo de descubrimientos, y con mucho gozo y curiosidad oí que el capitán Guy manifestaba su resolución de avanzar atrevidamente hacia el sur.

te[illegible] de la región [illegible] antes [illegible] biente. [illegible] clima es [illegible] y [illegible] combinado [illegible] e [illegible] junto [illegible] Cam[illegible] mo [illegible] dando el nombre de la [illegible]dad [illegible] tipo y de la [illegible] de Inglaterra.

[illegible] trasmitido [illegible] a la Real Sociedad Geográfica de [illegible] [illegible] una [illegible] [illegible] continua su [illegible] [illegible] desde los 27° 30' de [illegible] hasta los 27° de longitud oeste, entre los grados [illegible] de latitud [illegible].

[illegible] esto [illegible] M. [illegible] [illegible] No podemos [illegible] [illegible] como [illegible] y [illegible] de Biscoe no [illegible] semejante [illegible] [illegible] entre esta [illegible] [illegible] el sur siguiendo [illegible] de las islas Sandwich, de la Orcadas y de las islas [illegible].

[illegible] vez que [illegible] experiencia [illegible] a [illegible] más [illegible] las [illegible] y [illegible] por la [illegible].

Tales son los principales [illegible] que [illegible] [illegible] para [illegible] hasta [illegible] [illegible] que [illegible] [illegible] la [illegible] de [illegible] [illegible] más allá [illegible] [illegible] [illegible] un [illegible] de [illegible] [illegible] a [illegible] su [illegible] de [illegible] [illegible] hacia el sur.

17. ¡TIERRA!

Habiendo renunciado a buscar las islas de Glass, anduvimos durante cuatro días con dirección al sur sin encontrar hielos. El 26, al mediodía, estábamos a los 63° 23' de latitud sur y 41° 25' de longitud oeste, y vimos entonces algunas grandes islas de hielo y un banco que, a decir verdad, era de poca extensión. Los vientos soplaban generalmente del sureste, pero muy débiles Cuando reinaba el oeste, lo que sucedía muy rara vez, venía acompañado siempre de lluvia. Cada día nevaba más o menos. El 27 el termómetro señalaba 35 grados.

1.° de enero de 1828

Este día nos vimos rodeados completamente de hielos y la perspectiva que se nos ofreció era muy triste. Por la mañana reinó una fuerte tempestad del noreste, y lanzó contra el timón y la popa del buque enormes témpanos con tanta fuerza, que temimos fatales resultados. Por la tarde la tempestad continuaba aún con furia; pero abrióse un gran banco que teníamos enfrente, y haciendo fuerza de velas, pudimos abrirnos paso por entre los témpanos más pequeños hasta el mar libre. Al acercarnos, recogimos gradualmente las velas, y más desembarazados, nos pusimos a la capa con la mesana y un rizo.

2 de enero

El tiempo fue bastante regular. Al mediodía nos hallábamos a los 69° 10' de latitud sur y 42° 20' de longitud oeste, y habíamos pasado el círculo Antártico. Poco hielo vimos al sur; pero detrás de nosotros dejábamos extensos bancos. Con una olla grande de hierro, hicimos una especie de sonda, y hallamos la corriente del sur con una velocidad de un cuarto de milla por hora. La temperatura del aire era de unos 33°; la desviación de la aguja de 14° 28' hacia el este por el azimut.

5 de enero

Hemos seguido avanzando al sur sin encontrar muchos obstáculos; sin embargo, esta mañana hallándonos a los 73° 15' de latitud sur y 42° 10' de longitud oeste, nos detuvimos nuevamente delante de una inmensa masa de hielo; pero veíamos al otro lado hacia el sur la mar desembarazada y estábamos persuadidos de que lograríamos llegar a ella. Dirigiéndonos al este a lo largo del banco hemos encontrado al fin un pasaje de una milla de ancho por el cual hemos entrado a la puesta del sol. El mar que cruzábamos entonces estaba poblado de islotes de hielo, pero no de grandes bancos, y seguimos adelante. El frío no parecía aumentar, aunque teníamos frecuentemente nieve y chubascos de granizo muy fuertes. Inmensas bandadas de albatros pasaron aquel día por encima de la goleta, volando de surreste a noroeste.

7 de enero

El mar continuaba casi libre y abierto, de modo que pudimos seguir nuestro camino sin impedimento. Vimos al oeste algunos bancos de un espesor inconcebible, y por la tarde pasamos muy cerca de una de aquellas masas cuya cima se levantaba por lo menos cuatrocientas brazas sobre el océano. Su base tendría unos tres cuartos de legua de circunferencia y por algunas hendiduras de sus costados corría el agua. Tuvimos a la vista durante dos días esta especie de isla hasta que nos la ocultó la niebla.

10 de enero

Muy de mañana tuvimos la desgracia de perder un hombre que cayó al mar. Era americano, llamado Pedro Vredenburgh, natural de Nueva York y uno de los mejores marineros de la goleta. Resbaló al pasar por la proa y cayó en el hielo para no volver a levantarse. Aquel día a las doce nos hallábamos a 78º 30' de latitud y 45º 15' de longitud oeste. El frío era excesivo y recibíamos continuamente chubascos de granizo del noreste. En esta última dirección vimos también algunos bancos enormes, y al este todo el horizonte parecía cerrado por una región de hielo formada de masas unas sobre otras a manera de anfiteatros. Por la tarde vimos algunos trozos de madera flotantes sobre los cuales volaba una inmensa bandada de aves, entre ellas nelies, petreles, albatros y un pájaro grande azul de hermosísimo plumaje. La variación respecto al azimut era entonces menos considerable que cuando habíamos atravesado el círculo Antártico.

12 de enero

El paso hacia el sur se hizo muy difícil, porque en dirección del polo no podíamos ver más que un banco al parecer sin límites adosado contra verdaderas montañas de hielo formando precipicios y escalonadas unas sobre otras. Hicimos rumbo hacia el oeste hasta el día 14, con la esperanza de descubrir un camino.

14 de enero

En la mañana del 14 llegamos al extremo oeste del enorme banco que nos impedía el paso, y habiéndolo doblado, desembocamos en un mar libre completamente de hielo. Sondeando con una cuerda de doscientas brazas, hallamos una corriente hacia el sur de una velocidad de media milla por hora. La temperatura del aire era de 47 grados y la del agua de 34. Hicimos rumbo al sur, sin encontrar ningún obstáculo grave, hasta el 16 que al mediodía estábamos a 81° 21′ de latitud y 42° de longitud oeste. Echamos otra vez la sonda, y hallamos que la corriente seguía en dirección al sur con la velocidad de tres cuartos de milla por hora. La variación azimut había disminuido y la temperatura era suave y agradable; el termómetro señalaba 51 grados. No se veía ya un pedazo de hielo. A bordo nadie dudaba de la posibilidad de llegar al polo.

17 de enero

Día de numerosos incidentes. Muchas bandadas de aves pasaban por encima de nosotros dirigiéndose al sur, y les disparamos algunos tiros; una de ellas, especie de pelícano, nos proporcionó excelente alimento. A cosa de mediodía, el vigía descubrió por la serviola de babor un pequeño banco de hielo y una especie de animal muy grande que parecía descansar encima. Como el tiempo era bueno y teníamos calma, el capitán Guy mandó echar al agua dos embarcaciones para que fueran a ver lo que era aquello. Peters y yo acompañamos al piloto en la mayor de ellas. Al llegar al banco de hielo vimos que estaba ocupado por un oso gigantesco de la especie ártica, pero de una corpulencia mucho mayor que la común en estos animales. Como estábamos bien armados, no vacilamos en atacarle en seguida, haciéndole varios disparos que dieron en la cabeza y el cuerpo del animal; pero el monstruo, sin hacer caso de las balas, se precipitó del banco y se echó a nadar, abierta la boca, hacia la lancha en que estábamos Peters y yo. A causa de la confusión que se produjo entre nosotros en vista del carácter inesperado que tomaba la aventura, nadie había podido cargar de nuevo el fusil, y el oso había logrado introducir medio cuerpo en el bote y apoderarse de uno de los marineros por la cintura antes de que tomáramos las medidas convenientes para rechazarle. En este apuro nos salvaron la agilidad y prontitud de Peters que echándose sobre el enorme animal le hundió en el cuello la hoja de un cuchillo hiriéndole la médula espinal. La fiera cayó al mar sin hacer el menor esfuerzo, inanimada, pero arrastrando a Peters en su caída y rodando con él. Este se levantó muy pronto; le echamos una cuerda, y, antes de subir al bote, ató con ella al animal vencido. Regresamos en triunfo a la goleta, llevando a remolque nuestro trofeo. Cuando midieron aquel oso, se vio que tenía más de quince pies de largo. Su piel era de un blanco mate y muy fuerte; los ojos de color de sangre y mayores que los del oso ártico, y tenía el hocico más redondeado que éste. La carne era tierna, pero muy rancia y de sabor de pescado; sin embargo la tripulación comió de ella con avidez y dijeron que era un alimento muy exquisito.

Apenas habíamos izado el oso a bordo, cuando el vigía dejó oír el alegre grito de: «¡Tierra a estribor!»; todos nos pusimos a la expectativa, y habiéndose levantado una brisa del noroeste, pronto nos hallamos en la costa. Era un islote bajo y peñascoso de cosa de una legua de circunferencia y completamente privado de vegetación, si se exceptúa una especie de higuera espinosa. Al acercarnos por el norte, vimos una roca muy extraña en forma de promontorio que imitaba perfectamente una paca de algodón. Doblando esta punta hacia el oeste, encontramos una pequeña bahía en la que pudimos atracar con facilidad.

Poco tiempo necesitamos para explorar toda la isla; pero digno de atención nada encontramos más que un trozo de madera que parecía haber servido de proa a una embarcación, medio enterrada cerca de la playa debajo de un montón de piedras. El capitán Guy creyó ver una tortuga esculpida en el leño; pero por mi parte debo declarar que no supe ver tal cosa. Salvo esta proa, si acaso lo era, no descubrimos ningún indicio de que persona alguna hubiese habitado aquel lugar. Alrededor de la isla encontramos aquí y allá pequeños trozos de hielo, pero en escaso número.

La situación exacta del islote, al cual el capitán Guy dio el nombre de Islote de Bennet en honor de su socio en la propiedad de la goleta, es a 82° 50′ de latitud y 42° 20′ de longitud oeste.

Habíamos ya penetrado en el sur ocho grados más allá de los límites señalados por todos los navegantes, y el mar seguía extendiéndose delante de nosotros completamente libre de obstáculos. Encontrábamos también que la variación disminuía con regularidad a medida que avanzábamos, y que la temperatura atmosférica y asimismo la del agua se templaban gradualmente. El tiempo podía llamarse agradable y nos favorecía una constante y suave brisa. El cielo estaba comúnmente sereno; de vez en cuando aparecía en el horizonte sur un vapor ligero y tenue, siempre de poca duración. Sólo dos dificultades nos contrariaban: estábamos escasos de combustible y se habían presentado en algunos marineros síntomas de escorbuto. Estas consideraciones empezaban a influir en el ánimo del capitán Guy y hablaba a menudo de volvernos. Con respecto a mí, persuadido de que íbamos a encontrar muy pronto tierra siguiendo el mismo camino, y de que ésta no sería estéril como la de las altas latitudes árticas, insistí tenazmente en la necesidad de perseverar algunos días más en la dirección seguida hasta entonces. Una ocasión más propicia que ésta para resolver el gran problema relativo a la existencia de un continente Antártico no se había presentado aún a ningún hombre, y confieso que me indignaban los temores e inoportunas observaciones de nuestro comandante. Creo firmemente que todo lo que le dije sobre este particular logró decidirle a seguir adelante.

Por más que esté obligado a deplorar los tristes y sangrientos sucesos que fueron el resultado inmediato de mis consejos, creo que puedo felicitarme por un descubrimiento importantísimo, y por haber, en cierto modo, abierto a los ojos de la ciencia uno de los más maravillosos secretos que han ocupado su atención.

18. NUEVAS RAZAS

18 de enero

Aquella mañana (1) proseguimos nuestro camino hacia el sur con tiempo tan hermoso como en los días anteriores. El mar estaba unido, el viento era templado y la temperatura del agua estaba a 53 grados. Volvimos a echar la sonda con una cuerda de 150 brazas y hallamos una corriente hacia el polo con una velocidad de una milla por hora. Esta tendencia constante del viento y de la corriente hacia el sur, produjo varias reflexiones y alguna alarma entre la tripulación de la goleta, y observé que había causado cierta impresión en el ánimo del capitán Guy. Por fortuna éste temía mucho el ridículo y conseguí que se hiciese superior a sus aprensiones. La variación era ya casi insignificante. Durante el día vimos algunas ballenas e innumerables bandadas de albatros. Pescamos una especie de zarzal car-

(1) Las palabras mañana y tarde que empleo para evitar la confusión, no deben ser tomadas, como ya se comprende, en el sentido ordinario. Hacía ya mucho tiempo que no conocíamos la noche y la luz del sol nos alumbraba de continuo. Todas las fechas están establecidas conforme al tiempo náutico. Debo indicar también que no pretendo al empezar este capítulo pasar por minuciosamente exacto en las fechas, latitudes y longitudes, pues en muchos casos me he fiado únicamente de la memoria. (Nota del autor.)

gado de bayas encarnadas como las de la ojiacanta y el cuerpo de un animal evidentemente terrestre, de figura muy extraña. Tenía tres pies de largo y seis pulgadas de altura, cuatro piernas muy cortas y los pies armados de largas garras de brillante color de escarlata muy parecido al del coral. El cuerpo estaba cubierto de una piel sedosa y muy blanca. Tenía la cola pelada como la de un ratón y larga como de pie y medio: la cabeza era parecida a la del gato, menos en las orejas que colgaban como las del perro. Sus dientes eran del mismo color que las garras.

19 de enero

Hallándonos a 83° 20′ de latitud y 43° 5′ de longitud oeste, y estando el mar muy oscuro, el vigía señaló otra vez tierra, y, después de un atento examen, vimos que era una isla perteneciente a un grupo de otras muy vastas. La costa estaba cortada a pico y el interior parecía poblado de árboles, circunstancia que nos causó mucha alegría. Cuatro horas después de haber descubierto tierra echamos el ancla a una profundidad de diez brazas y sobre arena a una legua de la costa, pues una fuerte resaca, con remolinos acá y allá, hacían difícil el atracar. Luego recibimos orden de echar al agua las dos embarcaciones mayores, y un destacamento bien armado, del que formábamos parte Peters y yo, se puso a buscar una abertura en el arrecife que formaba a la isla una especie de cinto. Después de haber buscado durante algún tiempo, descubrimos un pasaje por donde entrábamos ya, cuando observamos que dejaban la orilla cuatro grandes canoas cargadas de hombres al parecer bien armados. Les dejamos avanzar, y como maniobraban con gran rapidez, pronto estuvieron al alcance de la voz. El capitán Guy izó un pañuelo blanco en la punta de un remo; pero los salvajes se detuvieron en seguida, y empezaron a echar chirridos y a chapurrear en alta voz, profiriendo de vez en cuando gritos entre los cuales podíamos distinguir las palabras: «¡Anamoo-moo!» y «¡Lama-Lama!» Gritando así pasaron una media hora, durante la cual pudimos examinar detenidamente su fisonomía.

En las cuatro canoas que tenían cincuenta pies de largo por cinco de ancho había ciento diez salvajes. Su estatura era como la común de los europeos, pero de osamenta más musculosa y carnuda: su color era de un negro azabache, y sus cabellos largos, espesos y lanosos. Estaban vestidos con la piel de un animal negro desconocido, ajustada convenientemente al cuerpo, menos en el cuello, las muñecas y los tobillos. Sus armas consistían, principalmente, en bastones de madera negra, al parecer muy pesada; sin embargo, vimos también que tenían algunas lanzas con punta de pedernal y algunas hondas. En el fondo de las canoas se veía una gran provisión de piedras negras del tamaño de un huevo grande.

Cuando hubieron terminado su arenga, pues arenga parecía aquella horrorosa charla, uno de ellos que parecía el jefe se levantó en la proa de su embarcación y nos hizo repetidas señas para que nos acercáramos. Aparentamos no comprender su idea, pensando que lo más prudente era mantener, todo lo posible, una distancia conveniente entre ellos y nosotros, pues nos aventajaban en número. Adivinando nuestro pensamiento, el jefe mandó a las otras tres canoas que se detuvieran mientras él se adelantaba hacia nosotros con la suya. Cuando nos hubo alcanzado, saltó a bordo del mayor de nuestros botes, sentóse luego al lado del capitán Guy, señalando con el dedo la goleta y repitiendo las palabras: «¡Anamoo-moo! ¡Lama-Lama!» Luego volvimos al buque, siguiéndonos las cuatro canoas a alguna distancia. Al llegar a bordo, el jefe manifestó una sorpresa y un placer extremados, palmoteando, dándose golpes en los muslos y el pecho y prorrumpiendo en carcajadas atronadoras. Todo su séquito que venía detrás de nosotros le acompañó luego en su alegría y durante algunos minutos organizó un ruido capaz de volvernos sordos.

Contento de haber vuelto a bordo, el capitán Guy mandó izar las embarcaciones por precaución, y dio a entender al jefe que se llamaba Too-Wit, según supimos después, que no podía recibir en el puente más de veinte hombres a la vez. Este pareció admitir la condición y transmitió algunas órdenes a los de las canoas, una de las cuales se acercó, mientras las otras se mantuvieron a una distancia de cincuenta yardas. Veinte salvajes subieron a bordo y empezaron a andar de una parte a otra, trepando aquí y allá por los aparejos con la mayor confianza y examinándolo todo con excesiva curiosidad.

Era evidente que nunca habían visto ningún individuo de la raza blanca, y además nuestro color parecía inspirarles una singular repugnancia. Creían que la goleta era un ser vivo, y no parecía sino que temían herirla con la punta de sus lanzas, según las llevaban levantadas. Hubo un momento en que toda nuestra tripulación se divirtió mucho con la conducta de Too-Wit. El cocinero estaba partiendo leña cerca de la cocina e involuntariamente hundió el hacha en el pavimento en el que se hizo una raja. El jefe acudió en seguida, y, atropellando rudamente al cocinero, exhaló un gemido, por el que se manifestaba su simpatía por los dolores de la goleta, y luego se puso a cerrar la «herida» con la mano y lavarla con un cubo de agua de mar que estaba allí cerca. Había en todo aquello un grado de ignorancia al que no estábamos preparados y en cuanto a mí me pareció que había un tanto de afectación.

Cuando los salvajes hubieron satisfecho su curiosidad con respecto a los aparejos y el puente, fueron acompañados abajo donde su sorpresa no tuvo límites. Parecía que el asombro no les dejaba hablar, porque andaban por todas partes silenciosos, lanzando de vez en cuando sordas exclamaciones. Las armas les daban mucho en que pensar y se les permitió que las manejaran a su gusto. Yo creo que no tenían idea de su uso, sino que las tomaban por ídolos, viendo nuestro cuidado y la atención con que observábamos sus movimientos mientras las manejaban. Los cañones redoblaron su admiración, se acercaron a ellos con muestras de veneración y terror, pero no quisieron examinarlos minuciosamente.

Había en la cámara dos grandes espejos que hicieron llegar a su apogeo el asombro de los salvajes. Too-Wit fue el primero que se acercó, y había ya llegado al centro de la cámara, mirando a uno de los espejos y dando la espalda al otro, antes de que se apercibiera de ello. Cuando levantó los ojos y se vio reproducido en el cristal, creí que iba a perder el juicio; pero cuando al volverse rápidamente para huir, se vio otra vez reproducido en dirección opuesta, pensé que iba a morirse. Nada fue bastante para conseguir que mirara otra vez al espejo; fue inútil todo medio de persuasión. Se arrojó al suelo, cubrióse la cabeza con las manos y permaneció inmóvil hasta que al fin resolvimos trasladarle al puente.

Todos los salvajes visitaron el buque sucesivamente; Too-Wit permaneció en él mientras duró la visita. No observamos en ellos inclinación al robo y nada echamos de menos cuando se hubieron marchado. Durante la visita se mostraron muy pacíficos; pero observamos en ellos cierta conducta que no pudimos comprender: por ejemplo, fue imposible conseguir que se acercaran a objetos inofensivos, tales como las velas de la goleta, un huevo, un libro abierto o una artesa para harina.

Procuramos saber si poseían algunos artículos que pudieran ser objeto de tráfico y de cambio, pero nos costó mucho trabajo que nos entendieran. Supimos, sin embargo, con no poca sorpresa, que las islas abundaban en grandes tortugas de la especie de las Galápagos y vimos una en la canoa de Too-Wit. Vimos también un molusco de los llamados «bocado de mar» en las manos de uno de los salvajes que lo devoraba con la mayor avidez. Estas anomalías o por lo menos lo que nosotros considerábamos como tales, relativamente a la latitud, movieron al capitán Guy a intentar una exploración completa del país, con la esperanza de sacar alguna utilidad de su descubrimiento. Por mi parte, deseoso como estaba de no dejar a medias la empresa, no tenía más que una mira y un objeto, esto es, proseguir sin tardanza nuestro viaje al sur. Gozábamos de buen tiempo; pero nada nos decía cuánto duraría, y encontrándonos ya al paralelo ochenta y cuatro, con mar completamente libre delante de nosotros y una corriente que se dirigía vigorosamente al sur con viento favorable, no podía aceptar que nos quedáramos en aquellos parajes más tiempo que el absolutamente necesario para restablecer la salud de los tripulantes enfermos, y embarcar provisiones y combustible. Hice presente al capitán que a la vuelta podríamos volver a tocar en aquellas islas y aun pasar en ellas el invierno si los hielos nos impedían el camino. Al cabo se conformó con mi opinión, pues había conseguido, no sé cómo, un gran ascendiente sobre él, y resolvió que aun cuando encontráramos el bocado de mar en abundancia no permaneceríamos en la isla más de una semana para abastecernos y que avanzaríamos hacia el sur mientras nos fuera posible.

Hicimos por lo tanto todos los preparativos necesarios, y habiendo penetrado la goleta por los arrecifes, siguiendo las indicaciones de Too-Wit, fondeamos a una milla de la playa, en una excelente bahía, cerrada por todas partes, al sureste de la costa de la isla principal, con diez brazas de agua y un fondo de arena negra. Al extremo de la bahía corrían, según pudimos averiguar, tres arroyos de agua potable y vimos que las canoas continuaban siguiéndonos a una distancia respetuosa. En cuanto a Too-Wit, se quedó a bordo, y luego que hubimos echado el ancla, nos invitó a acompañarle a tierra y a visitar su pueblo. El capitán Guy consintió en ello, y, habiendo quedado en la goleta diez salvajes como rehenes, un destacamento de doce hombres de nuestra tripulación se dispuso a seguir al jefe. Procuramos armarnos bien, pero sin manifestar desconfianza; y la goleta había descubierto los cañones y tomado todas las precauciones para evitar una sorpresa. Se recomendó particularmente al piloto que no recibiera a nadie a bordo durante nuestra ausencia, y que en el caso de que no hubiésemos vuelto a las doce horas enviase una chalupa armada de un pedrero en busca nuestra.

A cada paso que dábamos en aquella tierra nos convencíamos más y más de que estábamos en un país esencialmente diferente de todos los recorridos hasta entonces por hombres civilizados. Nada de lo que veíamos nos era familiar. Los árboles no se parecían a los de las zonas tórridas, templadas, ni del norte, y diferían mucho de los de las latitudes inferiores meridionales que acabábamos de recorrer. Hasta las rocas nos eran nuevas por su masa, color y estratificación, y las corrientes de agua, por prodigioso que parezca, tenían tan poca semejanza con las de los otros climas, que vacilamos en probarla y nos costó mucho trabajo persuadirnos de que sus cualidades eran puramente naturales. En el primer arroyuelo que encontramos y que atravesaba el camino, Too-Wit y los suyos se detuvieron para beber; en cuanto a nosotros a causa del carácter singular del agua, no quisimos probarla, creyendo que estaba corrompida, y hasta mucho después no comprendimos que aquel carácter era el de todas las aguas corrientes de aquel archipiélago.

No sé cómo dar una idea clara de la naturaleza de aquel líquido, y para explicarme necesito emplear muchas palabras. Por más que aquella agua corría con rapidez por todas las pendientes, como toda clase de agua, sin embargo, sólo en el caso de caída y de cascada tenía el aspecto habitual de cristalina. Era, no obstante, tan límpida como cualquier agua calcárea existente, y la diferencia sólo consistía en el aspecto. A primera vista, y particularmente en los casos en que el declive era escaso, tenía cierta semejanza, en cuanto a consistencia, con una espesa disolución de goma arábiga en agua común; pero esto era lo menos notable de sus extraordinarias cualidades. No era incolora; tampoco era de un color uniforme, y al correr, ofrecía todas las variedades posibles de la púrpura, como reflejos de seda tornasolada. Esta variación de color se efectuaba de una manera que produjo en nosotros un asombro tan profundo, como los espejos lo habían producido en el ánimo de Too-Wit. Llenando de aquella agua un vaso, y dejándola tomar su nivel, observamos que toda la masa del líquido estaba formada de cierto número de venas distintas, cada una de un color particular; que estas venas no se mezclaban, y que su cohesión era perfecta relativamente a las moléculas de que estaban formadas, e imperfecta relativamente a las venas inmediatas. Pasando la punta de un cuchillo por entre las venas, el agua se cerraba súbitamente detrás de la punta, y cuando se retiraba el cuchillo, desaparecían inmediatamente todas las señales de la hoja. Pero si ésta interceptaba con cuidado dos venas, se operaba una separación perfecta que la fuerza de cohesión no rectificaba inmediatamente. Los fenómenos de aquella agua formaron el primer anillo de la vasta cadena de milagros aparentes de que había de verme rodeado.

inmediatos. Cuando la punta de su tornillo por entre las venas, el agua se retraía [illegible] lámina, que detrás de su punta, y cuando se retiraba de ella, desaparecían inmediatamente todas las señales de la hoja. Pero si esta interceptaba con cuidado dos venas, se operaba una separación perfecta que la fuerza de cohesión no rectificaba inmediatamente. Los fenómenos de aquella agua formaron el primer anillo de la vasta cadena de [illegible] tras otro de un sabio de [illegible] [illegible]

19. KLOCK-KLOCK

Después de haber andado por espacio de tres horas llegamos al pueblo, situado a tres millas de la playa, y al que llevaba un camino escabroso. Durante éste, la comitiva de Too-Wit fue aumentando agregándose a ella cuadrillas de seis o siete individuos que desembocaban por los vericuetos inmediatos y se unían a nosotros como por casualidad. Se me figuró que era esto resultado de un plan preconcebido; sentí desconfianza y participé al capitán Guy mis recelos; pero ya era tarde para retroceder, y creímos que el mejor modo de procurar por nuestra seguridad era aparentar la mayor confianza en la lealtad de Too-Wit. Seguimos, pues, no perdiendo de vista las maniobras de los salvajes y sin permitirles que rompieran nuestras filas introduciéndose en ellas. Habiendo atravesado una torrentera escarpada, llegamos a un poblado, el único existente en toda la isla según nos indicaron. Cerca ya del pueblo, el jefe lanzó un grito y pronunció varias veces la palabra «Klock-Klock», que supimos era el nombre del pueblo, o el genérico aplicado a todos los pueblos.

Las viviendas eran de la clase más miserable

que se puede imaginar y no se diferenciaban de las de las razas más ínfimas de que tiene noticia la humanidad civilizada; no estaban construidas bajo un plan uniforme. Algunas pertenecientes a los «Wampos» o «Yampoos», grandes personajes de la isla, consistían en un árbol cortado a cuatro pies aproximadamente de la raíz, con una gran piel negra echada por encima, que caía en holgados pliegues hasta el suelo. Debajo de aquello se cobijaba el salvaje. Otras estaban hechas con ramas de árboles sin pulimentar, conservando aún su follaje seco, clavadas en el suelo formando un ángulo de 15 grados sobre un banco de arcilla amontonado sin regularidad hasta una altura de cinco o seis pies. Otras eran simples agujeros practicados perpendicularmente en la tierra, y cubiertos de ramajes que el habitante de aquel cubil tenía precisión de separar para entrar en él y que luego debía volver a reunir. Algunas estaban hechas con las ramas ahorquilladas de los árboles; otras con ramas superiores no del todo cortadas y que caían sobre las inferiores, formando un techo más espeso contra la intemperie. La mayor parte consistían en cuevas poco profundas abiertas en una pared de piedra negra parecida a la que existía a lo largo de tres de los lados del pueblo. A la entrada de cada una de estas cuevas había una losa con que el habitante cerraba la abertura cuando dejaba su nicho; no sé con qué objeto, porque la piedra no era bastante grande para cerrar completamente la entrada.

Aquella población, si es que merecía semejante nombre, estaba situada en un valle de alguna profundidad, y no se podía llegar a él sino por el sur, porque la pared de piedra negra de que ya he hablado cerraba el paso en todas direcciones. Por este valle corría un arroyo de agua semejante a la que he descrito más arriba. Alrededor de las habitaciones vimos algunos animales extraños que parecían domesticados. Los más corpulentos se parecían al cerdo común en su configuración y en su gruñido; la cola, sin embargo, era lanosa y las piernas delgadas; su andar era indeciso y torpe, y nunca le vimos correr. Vimos también algunos animales de una especie análoga, pero más largos de cuerpo y cubiertos de lana negra. Había además una gran variedad de aves domésticas que andaban por las inmediaciones y que parecían ser el principal alimento de los indígenas. Con no poca sorpresa, vimos entre las aves albatros negros muy mansos que salían periódicamente al mar en busca de alimento, volviendo solamente de la costa sur como si estuviese próxima al sitio de la incubación. Allí, como de costumbre, estaban asociados a sus amigos los pingüinos; pero estos últimos no les seguían nunca a las habitaciones de los salvajes. Entre las otras aves domésticas se veían patos como en nuestro país, bubias negras y un pájaro grande que se parecía al halcón, pero que no era carnívoro. El pescado abundaba, y vimos una cantidad considerable de salmones secos, bacalaos, delfines azules, sargas, rayas, congrios, elefantes de mar, lenguados, escarros o periquillos de mar, salmonetes, merluzas, plantijas, «paracutas» y otras muchas especies. La mayor parte se parecían, según pudimos observar, a las que se encuentran en el archipiélago de Lord Auckland a 51° de latitud sur. La tortuga galápago también era muy abundante. Vimos muy pocas fieras, alguna muy corpulenta y todas desconocidas para nosotros. Una o dos serpientes de aspecto formidable cruzaron nuestro camino; pero como los naturales no hicieron caso de ellas, dedujimos que no debían ser venenosas.

Al acercarnos al pueblo con Too-Wit y su séquito, se precipitó a nuestro encuentro un inmenso populacho, gritando «¡Anamoo-moo! y «¡Lama-Lama!» Los recién llegados, a excepción de muy pocos, estaban enteramente desnudos; las pieles sólo las usaban los hombres de las canoas. Estos, al parecer, eran los únicos que tenían armas, pues los demás no las llevaban. También acudieron muchas mujeres y niños, no careciendo aquéllas de lo que puede llamarse belleza personal. Altas, erguidas y bien formadas, tenían cierta gracia y libertad en el porte que no se encuentran en una sociedad civilizada. Sus labios, así como los de los hombres, eran tan gruesos que al reírse no se les veían los dientes. Su cabellera era más fina que la de los hombres. Entre los habitantes del pueblo sólo había diez o doce cubiertos de pieles, como los del séquito de Too-Wit, y armados de lanzas y de pesadas mazas; parecían ejercer gran influencia sobre los otros, y nunca se les hablaba sin que se les diera el título de «Wamboo». Estos hombres eran los que habitaban los famosos palacios de pieles negras. La vivienda de Too-Wit estaba situada en el centro del pueblo, y era mayor y más bien construida que las demás de su clase. El árbol había sido cortado a una distancia de doce pies de la raíz, y se habían respetado algunas ramas para que sostuvieran la techumbre de manera que no cayese el tronco. Esta techumbre consistía en cuatro pieles grandes sujetas por abrazaderas de madera y elevadas en tierra por su extremo inferior. El suelo estaba cubierto de un enorme montón de hojas secas que hacían veces de alfombra.

Nos condujeron a esta choza con gran solemnidad y detrás de nosotros se agolpó la multitud que nos seguía. Too-Wit se sentó sobre las hojas y nos indicó que imitáramos su ejemplo. Obedecimos y nos encontramos en una situación muy incómoda y crítica al mismo tiempo. Eramos doce, sentados en el suelo, y los salvajes cuarenta agachados sobre los tobillos y tan cerca de nosotros, que en caso de desorden, nos habría sido imposible hacer uso de las armas o ponernos de pie.

La multitud era tal, así dentro como fuera de la tienda, que los esfuerzos y gritos de Too-Wit con dificultad lograban que no fuéramos aplastados. Nuestra principal seguridad estaba en la presencia de Too-Wit, y comprendiendo que no debíamos apartarnos de él, le estrechamos de cerca, decididos a sacrificarle a la primera demostración hostil.

Al cabo se consiguió un poco de silencio y el jefe nos echó un discurso bastante largo, parecido al que nos había dirigido desde las canoas, salvo que los «Anamoo-moo» eran más enérgicamente pronunciados que los «Lama-Lama». Oímos este discurso con el mayor silencio; el capitán Guy contestó haciendo al jefe protestas de amistad y de gratitud, y al concluir le regaló algunos rosarios o collares de vidrios azules y un cuchillo. El monarca con gran asombro nuestro, a la vista de los collares, apartó el semblante con cierta expresión de desdén, pero recibió el cuchillo con mucho contento, y en seguida mandó disponer la comida.

Entraron ésta en la tienda por encima de las cabezas de los asistentes, y consistía en entrañas palpitantes de un animal desconocido, probablemente de alguno de los cerdos de piernas flacas que habíamos visto en las inmediaciones del pueblo. Observando que no sabíamos cómo componérnoslas, empezó por darnos el ejemplo, tragándose a trozos el manjar exquisito y causándonos tanto asco, que Su Majestad se mostró tan sorprendido como cuando se vio en los espejos. A pesar de sus instancias, nos negamos a compartir con él las maravillas culinarias que nos ofrecía y le dimos a entender que no teníamos apetito.

Concluida la comida, hicimos al jefe una especie de interrogatorio del modo más ingenioso que pudimos emplear, con objeto de averiguar cuáles eran los principales productos del país y de si había algunos de que pudiésemos sacar provecho. Al cabo pareció que nos entendía un tanto, y nos ofreció acompañarnos a cierto punto de la costa, donde nos aseguró (y señalaba al mismo tiempo un resto de la comida) que hallaríamos en grande abundancia el bocado de mar.

Aprovechamos esta coyuntura para huir de la opresión de la muchedumbre, y manifestando nuestros deseos de partir, salimos de la tienda detrás del jefe al cual seguimos hasta el extremo sureste de la isla, no lejos de la bahía donde estaba anclada la goleta, acompañándonos toda la población. Allí esperamos una hora aproximadamente que llegaran las cuatro canoas conducidas por algunos salvajes. Nuestro destacamento se embarcó en una de ellas y nos llevó al arrecife y luego a otro punto un poco más lejos, donde vimos una cantidad de bocado de mar mayor que la que nuestros marinos habían visto en los archipiélagos de las latitudes inferiores, tan famosas por este artículo de comercio. Recorrimos durante mucho tiempo los arrecifes convencidos de que podíamos cargar allí doce buques de aquel estimado molusco, y luego volvimos a bordo de la goleta, despidiéndonos de Too-Wit después de hacerle prometer que en el término de veinticuatro horas nos traería sus canoas llenas de patos y de tortugas. En todo este tiempo no vimos en la conduca de los salvajes nada que despertase nuestras sospechas, salvo la manera sistemática con la que se había aumentado la comitiva, mientras nos dirigíamos de la goleta al pueblo.

20. ENTERRADOS VIVOS

El jefe cumplió su palabra y nos trajo muchas provisiones frescas. Las tortugas eran excelentes y los patos superiores a nuestras aves silvestres, muy tiernos y jugosos. Los salvajes nos trajeron también, cuando les hubimos explicado nuestro deseo, una gran cantidad de apio oscuro y de coclearia o planta antiescorbútica, y una canoa llena de pescado fresco y seco. El apio fue para nosotros un verdadero regalo, y la coclearia produjo un resultado admirable, pues curó a los marineros en quienes habían aparecido ya los síntomas de la enfermedad. Recibimos también otras provisiones frescas y en abundancia, entre las cuales debo citar una especie de marisco parecido por su forma a la almeja y por el sabor a la ostra. Nos dieron igualmente langostinos de dos clases y huevos de albatros y otras aves, de cáscara negra. Embarcamos también una buena provisión de carne de cerdo de la especie de que he hablado, y que si bien pareció muy buena a la mayor parte de nuestros marineros, me pareció a mí impregnada de olor de pescado y repugnante.

En cambio ofrecimos a los indígenas collares de granos azules, dijes de cobre, clavos, cuchillos y trozos de lienzo encarnado con lo que se mostraron muy contentos.

Establecimos en la costa un mercado, bajo los cañones de la goleta, y las transacciones se hicieron con la mejor buena fe y con un orden que no podíamos prometernos de parte de los salvajes, a juzgar por su conducta en «Klock-Klock».

Las cosas continuaron de esta manera amigable por espacio de algunos días, y en este período visitaron la goleta muchos indígenas y destacamentos fueron a tierra, haciendo largas excursiones en el interior, sin experimentar vejación alguna de parte de los habitantes.

Viendo la facilidad con que podíamos cargar de bocados de mar el buque, gracias a las amistosas disposiciones de los insulares, y el auxilio que podían prestarnos para recoger este molusco, el capitán Guy resolvió entrar en negociaciones con Too-Wit con objeto de montar establecimientos cómodos para preparar este artículo y señalar la recompensa que mereciesen él y los suyos que se encargaran de recoger la mayor cantidad posible, mientras que nosotros aprovechábamos el buen tiempo para proseguir nuestro viaje al sur.

Cuando dio a comprender su proyecto al jefe, éste pareció estar muy dispuesto a aceptarlo, y se convino en un tratado ventajoso para ambas partes. Se acordó, además, que después de hechos los preparativos necesarios, tales como el trazado de un sitio oportuno, la erección de una parte de los edificios y otros trabajos en que se emplearía nuestra tripulación, la goleta emprendería su camino, dejando en la isla tres hombres encargados de la realización del proyecto y de enseñar a los naturales el modo de disecar el bocado de mar.

En cuanto a las condiciones del tratado, dependían del celo y de la actividad de los salvajes durante nuestra ausencia. Debían recibir una cantidad de baratijas de vidrio azul, cuchillos, lienzo encarnado y otros artículos a cambio de cierto número de «piculs» de bocado de mar que debíamos encontrar preparados a nuestra vuelta.

Una descripción de la clase de este importante artículo de comercio y del método de prepararlo puede ser de algún interés para alguno de mis lectores, y en ninguna parte mejor que aquí puedo hacerla. La noticia que copio a continuación relativa a dicho artículo está tomada de una relación moderna de viaje a los mares del sur:

«Este molusco de los mares de la India es conocido en el comercio con el nombre francés de *bouche de mer* (bocado exquisito sacado del mar). Si no me engaño el ilustre Cuvier le llama "gasterópeda pulmonífera". Se recoge en abundancia en las costas de las islas del Pacífico, especialmente para el mercado chino, donde se cotiza a muy alto precio, casi tanto como los famosos nidos comestibles que están formados, según todas las probabilidades, de una materia gelatinosa recogida por cierta especie de golondrinas en el cuerpo de aquellos moluscos. No tienen conchas ni patas ni otro miembro prominente; sus órganos no son más que dos, el de absorción y el de excreción, situados en frente uno de otro; pero gracias a sus anillos elásticos como los de las orugas y gusanos, se arrastran hacia los fondos altos, donde, cuando el mar está tranquilo, los ven las golondrinas de que he hablado y cuyo pico agudo extrae del cuerpo tierno del molusco una sustancia gomosa y filamentosa que les sirve para solidar las paredes de sus nidos. De aquí el nombre de "gasterópeda pulmonífera".

»Estos moluscos son de forma oblonga, y de un tamaño que varía de tres a dieciocho pulgadas de largo; bien que yo he visto algunos que tenían dos pies. Son casi redondos, ligeramente achatados por el lado que mira al fondo del mar, y su grosor varía de una a ocho pulgadas. Trepan arrastrándose por los fondos altos en ciertas épocas del año, probablemente para reproducirse, porque entonces se les suele ver por parejas. Cuando el sol entibia el agua, se acercan a la costa, y a veces se encuentran a tan poca profundidad, que, retirándose la marea, quedan en seco, expuestos al calor del sol. No se reproducen en los fondos altos, porque nunca hemos visto uno solo pequeño, y siempre suben de las profundidades de las aguas desarrollados completamente. Les sirven de alimento los zoófitos que produce el coral.

»Generalmente se pescan estos moluscos a una profundidad de tres o cuatro pies; luego se les traslada a la costa y se les hiende por un extremo con un cuchillo, siendo mayor o menor la incisión según el tamaño del molusco. Por medio de la presión se les sacan las entrañas por aquella abertura; luego se les lava, y se les hace hervir a cierta temperatura ni muy alta ni muy baja. En seguida se les entierra por espacio de cuatro horas, se les vuelve a hervir un poco, y después se ponen a secar al fuego o al sol. Convenientemente secos, se conservan sin peligro tres o cuatro años en un sitio también seco; pero conviene examinarlos de vez en cuando para ver si les ha tocado la humedad.

»Los chinos, como ya hemos dicho, tienen este molusco como una golosina de las de más valor, como un manjar muy alimenticio y muy propio para rejuvenecer un temperamento debilitado por los placeres inmoderados, y lo pagan a muy altos precios.»

Luego del convenio, desembarcamos todo lo necesario para empezar los edificios y desembarazar el terreno, escogiendo un vasto espacio cerca de la costa este de la bahía, abundante en agua y leña y a una distancia conveniente de los principales arrecifes, donde podíamos procurarnos el precioso molusco. Nos pusimos a trabajar todos con grande ardor: pronto, con sorpresa de los salvajes, hubimos cortado el número suficiente de árboles para nuestro objeto y los colocamos en su respectivo sitio como columnas de los edificios que en dos o tres días quedaron en disposición de ser concluidos por los tres hombres que debíamos dejar. Estos eran John Carson, Alfred Harris y... Peterson, los tres naturales de Londres, según creo, y que se ofrecieron a desempeñar este servicio.

A fines del mes todo lo teníamos ya dispuesto para proseguir el viaje; pero habíamos prometido hacer al pueblo una visita de despedida, y Too-Wit insistió tanto en la necesidad de cumplir nuestra promesa, que consideramos prudente no desagradarle con una negativa.

Creo que en aquella época ninguno de nosotros sospechaba de los salvajes. Nos habían tratado con las mayores consideraciones ayudándonos en nuestras tareas, ofreciéndonos gratis sus mercancías y sin hurtarnos cosa alguna, a pesar de que manifestaban con sus eternas y extravagantes demostraciones de alegría el mucho valor en que tenían los objetos que había a bordo. Particularmente las mujeres eran muy complacientes y, en una palabra, hubiéramos sido los hombres más desconfiados del mundo, si hubiésemos sospechado la menor perfidia de parte de un pueblo que nos trataba con tantas atenciones. No necesitamos mucho tiempo para convencernos de que aquella bondad aparente era resultado de un plan preconcebido para lograr nuestra perdición, y de que los insulares que nos habían dado tantas muestras de simpatía pertenecían a las razas más bárbaras, más astutas y más sanguinarias.

El día 1.º de febrero fuimos a tierra con objeto de visitar el pueblo, y aun cuando no abrigábamos sospecha alguna, tomamos todas las precauciones necesarias. A bordo de la goleta dejamos seis hombres, con orden de no dejar acercarse a ningún salvaje durante nuestra ausencia bajo pretexto alguno, y de no moverse del puente. Abriéronse las portas; los cañones recibieron una doble carga de metralla y los pedreros se cargaron también. El buque estaba anclado a una milla de la costa, y ninguna canoa podía acercarse, sea por el lado que fuese, sin exponerse al fuego de los pedreros.

Nuestro destacamento se componía de treinta y dos individuos, armados de fusiles, pistolas y puñales, llevando además cada uno un largo cuchillo de marino de la clase tan popularizada hoy en las costas del sur y del oeste. Cien guerreros cubiertos de pieles salieron a nuestro encuentro al desembarcar, para servirnos de escolta, y observamos, no sin alguna sorpresa, que iban sin armas. Cuando preguntamos a Too-Wit la razón de esta circunstancia, nos contestó: «Matte non we pa pa si», esto es: «Allí donde todos son hermanos no se necesitan armas.» Esto nos tranquilizó y seguimos nuestro camino.

Habíamos pasado el manantial y el arroyo de que ya he hablado, y entrábamos en una garganta estrecha que serpenteaba por entre las colinas de piedra de jabón, en cuyo centro estaba situado el pueblo. Esta garganta era peñascosa y muy desigual, de modo que cuando nuestra primera excursión a Klock-Klock, no pudimos salvarla sino con mucho trabajo. La torrentera tendría milla y media o dos millas de extensión, serpenteaba en mil sinuosidades por entre las colinas y jamás se prolongaba más de veinte yardas sin hacer un brusco recodo. Estoy seguro de que las vertientes de aquel valle tendrían una elevación media de 70 u 80 pies perpendiculares en toda su extensión, y en algunos sitios eran tan altas, que oscurecían el paso hasta el punto de que apenas penetraba la luz del día. La anchura era aproximadamente de cuarenta pies, y a veces se estrechaba en términos de no dar paso más que a cuatro o cinco hombres de frente. En una palabra, no podía haber en el mundo lugar más a propósito para una emboscada, y como era natural, al entrar requerimos nuestras armas.

Cuando ahora pienso en nuestra locura, lo que más me asombra es que nos aventuráramos de aquella manera y nos pusiéramos a merced de salvajes desconocidos, permitiéndoles que caminaran delante y detrás de nosotros por la quebrada; y sin embargo, éste fue el orden de marcha que adoptamos ciegamente, fiándonos en nuestras fuerzas, en que iban desarmados Too-Wit y los suyos, en el efecto de nuestras armas de fuego, que eran un secreto todavía para los naturales, y más que todo en la fingida amistad de aquellos miserables. Cinco o seis salvajes abrían la marcha, como para enseñarnos el camino, separando con la mayor solicitud las piedras que lo obstruían; seguía luego nuestro destacamento, apretados unos contra otros y no cuidándonos más que de impedir nuestra separación, y detrás venía el cuerpo principal de salvajes con el mayor orden y compostura.

Dirk Peters, un tal Wilson Allen y yo íbamos a la derecha de nuestros compañeros examinando durante el camino las raras estratificaciones de la pared que estaba suspendida sobre nuestras cabezas, cuando nos llamó la atención una grieta abierta en aquella roca blanda. Era bastante ancha para permitir la entrada a un hombre y se prolongaba en la montaña unos dieciocho o veinte pies en línea recta, torciendo luego hacia la izquierda. La altura de este agujero era de unos sesenta u ochenta pies, según pudimos calcular; por entre las rajas salían dos o tres arbustos desmedrados parecidos al avellano, que tuve la curiosidad de examinar cogiendo un puñado de avellanas y retirándome a toda prisa. Al volverme vi que Peters y Allen me habían seguido y les dije que retrocedieran porque no había sitio para pasar a un tiempo dos personas. Obedecieron y se dirigieron hacia el camino, encontrándose ya Allen cerca de la abertura, cuando sentí de pronto una sacudida que no se parecía a nada que me fuese familiar hasta entonces y que me inspiró una idea vaga, si es que entonces tuve alguna idea, de que los cimientos de nuestro globo se abrían de repente y que había llegado la hora de la destrucción universal.

21. CATACLISMO ARTIFICIAL

Cuando pude recobrarme, me sentí casi ahogado, chapoteando en una noche completa entre una masa de tierra que rodaba pesadamente sobre mí y amenazaba sepultarme. Profundamente aterrorizado por esta idea, procuré tenerme de pie y al fin lo conseguí. Quedé inmóvil durante algunos instantes tratando de comprender lo que me había sucedido y de indagar dónde estaba. A poco oí un gemido no lejos y luego la voz sofocada de Peters que me suplicaba por Dios que fuese a socorrerle. Di uno o dos pasos con trabajo y caí junto a la cabeza y los hombros de mi compañero que estaba enterrado hasta medio cuerpo en una masa de tierra blanda, y luchaba desesperadamente para librarse del peso que le oprimía. Arranqué la tierra en torno suyo con toda la energía de que podía disponer, hasta que logré sacarle de aquella situación.

Luego que repuestos del susto y de la sorpresa, pudimos hablar, dedujimos que las paredes de la grieta por la que habíamos penetrado, por alguna convulsión de la naturaleza o más probablemente por su propio peso, se habían desplomado sobre nosotros, sepultándonos vivos, y que estábamos perdidos. Durante algún tiempo nos abandonamos cobardemente al dolor y a la desesperación que no podrán comprender los que no se hayan encontrado en una situación análoga. Creo firmemente que ningún suceso es más propio para producir el paroxismo del dolor físico y moral que el de ser enterrado vivo. Las tinieblas que rodean a la víctima, la opresión terrible de los pulmones, las exhalaciones sofocantes de la tierra húmeda se agregan a la consideración de que el enterrado se encuentra al otro lado de los confines más lejanos de la esperanza, y llenan el corazón de un terror frío e intolerable que es imposible concebir.

Peters fue de opinión que ante todo debíamos reconocer hasta dónde se extendía nuestra desgracia y andar palpando por aquella cárcel, pues podía ser que descubriéramos una abertura por donde huir. Con esta esperanza recobré la energía y traté de abrirme paso por entre aquel montón de tierra. Apenas había dado un paso, cuando llegó hasta mí un rayo de luz suficiente para convencerme de que en todo caso no moriríamos por falta de aire. Cobramos algún ánimo y nos esforzamos por persuadirnos mutuamente de que nos salvaríamos.

Habiendo trepado por un banco de escombros que obstruía el paso en la dirección de la luz, pudimos andar con menos trabajo y experimentamos algún alivio a la excesiva opresión de nuestros pulmones. Pronto distinguimos los objetos que nos rodeaban y vimos que nos hallábamos casi al extremo de la parte de la grieta que se extendía en línea recta, esto es, en el sitio donde formaba algún ángulo hacia la izquierda. Después de algunos esfuerzos llegamos al recodo donde vimos con indecible alegría una larga hendidura que se extendía a una vasta distancia hacia la región superior, formando generalmente un ángulo como de cuarenta y cinco grados. Nuestra vista no podía recorrer toda la extensión de aquella abertura; pero la luz entraba lo bastante para que pudiéramos abrigar la seguridad de encontrar arriba camino que condujera al aire libre.

Entonces me acordé de que éramos tres los que habíamos dejado la garganta principal para entrar en la abertura, y como Allen no estaba con nosotros, retrocedimos en su busca. Después de una larga pesquisa muy peligrosa a causa de la masa de tierra superior que podía hundirse sobre nosotros. Peters me dijo que acababa de tocar uno de los pies de nuestro compañero, y que todo su cuerpo estaba sepultado hasta tal punto bajo los escombros, que era imposible sacarle. No tardé en convencerme de que Peters no se engañaba y que el pobre Allen era cadáver. Lleno el corazón de tristeza, abandonamos a nuestro desdichado compañero y volvimos al ángulo del corredor.

Lo ancho de la hendidura era apenas suficiente para pasar nuestro cuerpo, y después de una o dos tentativas infructuosas para subir, empezamos a perder las esperanzas de conseguirlo. Ya he dicho que las paredes de uno y otro lado de la garganta principal eran de una especie de roca parecida a la galaxia o piedra de jabón, y debo añadir que las de la abertura por las cuales procurábamos trepar eran de la misma sustancia, tan resbaladizas y húmedas, que nuestros pies no podían encontrar apoyo, y, en algunos puntos, como la pared se levantaba casi perpendicularmente, la dificultad era mucho más grave y creímos que sería insuperable. Sacamos, sin embargo, fuerzas de la desesperación, y habiéndosenos ocurrido la idea de abrir escalones en la roca blanda con nuestros cuchillos, nos suspendimos, con riesgo de matarnos, de las prominencias hechas de una especie de arcilla algo más dura que salían aquí y allá de la masa general, y llegamos a una plataforma desde donde se veía un espacio de cielo azul al extremo de una quebrada cubierta de árboles.

Mirando detrás de nosotros y examinando más detenidamente el pasaje por el cual habíamos salido, vimos claramente por el aspecto de sus paredes que era de formación reciente, y dedujimos que la sacudida que tan inopinadamente nos sepultara, nos había abierto aquella vía de salvación.

Rendidos de fatiga y sin fuerzas para tenernos de pie ni pronunciar una palabra, se le ocurrió a Peters dar la señal de alarma a nuestros compañeros descargando las pistolas que aún llevábamos en el cinto, pues los fusiles y machetes los habíamos perdido entre los escombros del fondo del abismo. Los sucesos subsiguientes probaron que si hubiésemos hecho fuego nos habríamos arrepentido amargamente; pero como concebí sospechas de la infame conducta de los salvajes para con nosotros, procuramos no dar a conocer a los indígenas el lugar en que nos hallábamos.

Después de haber descansado cosa de media hora nos dirigimos lentamente hacia lo alto de la quebrada, y a los pocos pasos oímos una espantosa gritería. Llegamos al cabo a lo que ya podíamos llamar superficie del suelo, porque nuestro camino hasta allí, desde que dejamos la plataforma, había serpenteado bajo una bóveda de rocas altas y de follaje a una gran distancia sobre nuestras cabezas. Con la mayor cautela nos metimos en una angosta abertura desde la cual nos fue fácil abarcar con la vista toda la comarca alrededor, y donde conocimos el terrible secreto del temblor de tierra de que habíamos sido víctimas.

Nuestro punto de observación estaba cerca

de la cumbre del pico más alto de aquella cadena de montañas de galaxia. La garganta por la que entrara nuestro destacamento de treinta y dos hombres se hallaba a cincuenta pies a nuestra izquierda; pero en una extensión de cien yardas, a lo menos, el lecho de la garganta estaba completamente lleno de despojos caóticos de más de un millón de toneladas de tierra y piedras, verdadero alud artificial diestramente precipitado. El método empleado para derrumbar aquella vasta masa era tan sencillo como evidente, pues se veían aún huellas inequívocas de la obra homicida. En algunos parajes a lo largo de la cima del lado oeste de la garganta se veían postes clavados en tierra. En aquellos parajes el suelo no se había hundido; pero a lo largo de la pared del precipicio de donde la masa se había desprendido se veían señales parecidas a las de la zapa que indicaban que otros postes semejantes a los que aún subsistían habían sido clavados a cierta distancia unos de otros a lo largo de unos trescientos pies y en una línea situada a diez aproximadamente del borde del precipicio. En los postes de la colina estaban atados fuertes sarmientos, y era evidente que con éstos se habían hecho cuerdas que luego fueron atadas a cada una de las demás estacas. Ya he hablado de la singular estratificación de aquellas colinas de piedra blanda, y la descripción que acabo de hacer de la estrecha y profunda hendidura por la que habíamos escapado de nuestra huesa, puede servir para que se comprenda perfectamente la naturaleza de aquella peña. La primera convulsión natural debía hender el suelo en capàs perpendiculares o líneas divisorias paralelas unas a otras, y un esfuerzo muy moderado del arte podía bastar para obtener el mismo resultado. De aquella estratificación particular se habían valido los salvajes para conseguir el objeto de su abominable traición. No puede dudarse que, gracias a la línea de postes, a una profundidad de uno o dos pies, un salvaje colocado a cada uno de los extremos de las cuerdas, tirando de ellas, obtuvo una enorme potencia de palanca capaz de precipitar, a una señal dada, toda la pared de la colina al fondo del abismo. Tampoco cabía ya duda acerca del destino de nuestros pobres camaradas. Nosotros éramos los únicos que habíamos escapado de aquel cataclismo artificial: en la isla no había vivos más hombres blancos que nosotros.

22. TEKELI-LI

Nuestra situación no era entonces más ventajosa que cuando nos habíamos creído enterrados. No se nos ofrecía otra perspectiva que la de ser muertos por los salvajes o la de arrastrar entre ellos un miserable cautiverio. Podíamos, es verdad, escapar durante algún tiempo a su atención en los repliegues de las colinas y en un caso extremo en el abismo de que acabábamos de salir; pero en este caso moriríamos de frío y de hambre durante el largo invierno polar, o con nuestros esfuerzos para obtener recursos acabaríamos por descubrirnos.

Todo el país en torno parecía un hormiguero de salvajes, y nuevas bandadas, que vimos entonces, habían llegado en balsas formadas de tablas, de las islas sitas al sur, sin duda para ayudar a apoderarse y saquear la goleta.

Esta se mantenía tranquilamente fondeada en la bahía; los hombres de a bordo no podían figurarse que corrían peligro. ¡Y cómo deseábamos en aquel momento estar con ellos, ya para auxiliarles en su fuga, ya para morir juntos defendiéndonos! No disponíamos de medio alguno para advertirles del riesgo sin atraernos inmediatamente la muerte, y aun en este caso, teníamos pocas esperanzas de serles útiles. Un pistoletazo habría bastado para anunciarles que nos había sucedido una desgracia; pero este aviso no podía hacerles entender que su salvación consistía en levar anclas inmediatamente, que el honor ya no les obligaba a quedarse y que sus compañeros habían desaparecido de entre los vivos. Aunque oyeran el tiro, no podían prepararse más de lo que lo estaban y de lo que lo habían estado hasta entonces para resistir a un ataque. Ninguna ventaja podía resultar de la alarma producida por la detonación y podían resultar muchos males; así fue que después de una madura deliberación, nos abstuvimos de disparar las pistolas.

Tratamos en seguida de precipitarnos hacia el buque, apoderarnos de una de las canoas amarradas a la entrada de la bahía, y abrirnos paso hasta la goleta; pero muy luego vimos que era imposible que esta tentativa desesperada tuviera buen éxito.

Toda la isla, como ya he dicho, era un hormiguero de salvajes que se escondían detrás de las breñas y en los repliegues de las colinas para no ser vistos desde la goleta. No lejos de nosotros y ocupando el único camino por el cual podíamos llegar a conveniente punto de la costa, se hallaban apostados los hombres de pieles negras, Too-Wit al frente, y parecían aguardar refuerzos para emprender el abordaje de la *Jane*. Las canoas estaban a la entrada de la bahía montadas por salvajes sin armas, pero que sin duda las tenían muy cerca. A pesar de nuestro deseo, nos vimos obligados a permanecer simples espectadores ocultos de la batalla que no tardó en desarrollarse.

Al cabo de media hora vimos sesenta o setenta balsas hechas con tablas o con balancines de piraguas llenarse de salvajes y doblar la punta sur de la bahía. Al parecer no llevaban otras armas que pequeñas mazas y piedras amontonadas en las balsas. Luego después otro destacamento aún más considerable se acercó en dirección opuesta, con armas análogas. Las cuatro canoas se llenaron rápidamente de una multitud de indígenas que salían de las colinas, dirigiéndose a la entrada del puerto, y que avanzaron vivamente con objeto de reunirse a las demás tropas. En menos tiempo del que he necesitado para contarlo y como por magia, la *Jane* se vio sitiada por una multitud inmensa de furiosos, resueltos a apoderarse de ella a toda costa.

Ni un solo instante dudamos de que les saldría bien la empresa. Los seis hombres que habíamos dejado en el buque, por más decididos que estuviesen a defenderse, no bastaban para el servicio de las piezas y eran incapaces de sostener un combate tan desigual. No podía creer que hiciesen la menor resistencia; pero me equivoqué, pues les vi anclar contra el viento para no virar, y ponerse de manera, por el lado de estribor, que toda la andanada alcanzase las canoas que se hallaban entonces a tiro de pistola, y las balsas a un cuarto de milla a barlovento. A consecuencia de alguna causa desconocida, probablemente por la agitación de nuestros pobres amigos, viéndose en trance tan desesperado, la descarga no dio resultado alguno. No alcanzó ninguna canoa, no hubo ni un salvaje herido, el tiro era demasiado corto y la carga pasó por encima de sus cabezas. El solo efecto producido en los indígenas fue un gran asombro al oír la detonación inesperada y al ver la humareda, asombro tan grande, que por un momento creí que iban a abandonar su designio y a regresar a la costa. Así hubiera sucedido si nuestros compañeros hubiesen sostenido la andanada con una descarga de fusilería, porque las canoas estaban tan cerca de ellos, que no habrían dejado de causarles algunas pérdidas, que, cuando menos, hubieran impedido que se acercaran más y habrían dado tiempo para soltar otra andanada contra las balsas. Pero corrieron a babor para defenderse de estas últimas y dieron tiempo a los de las canoas para recobrarse de su pánico y averiguar que no habían recibido daño alguno.

La andanada de babor produjo el efecto más terrible. La metralla y las balas encadenadas de los cañones cortaron, completamente siete u ocho balsas y mataron treinta o cuarenta salvajes, echando al agua a un centenar, la mayor parte cruelmente heridos. Los que quedaban emprendieron atropelladamente la retirada, sin cuidarse de los heridos que nadaban aquí y allá gritando y pidiendo socorro. Este buen resultado fue, sin embargo, tardío para salvar a nuestros valientes compañeros. Los de las canoas estaban ya a bordo de la goleta en número de más de ciento cincuenta hombres, muchos de los cuales habían trepado por los portaobenques, aun antes de que las mechas fuesen aplicadas a los cañones de babor. Nada podía contener la rabia de aquellas fieras. Nuestros compañeros fueron derribados, pisoteados y hechos pedazos en un instante.

Al ver esto, los salvajes de las balsas se recobraron de su terror y se dirigieron al buque para saquearlo. En cinco minutos la *Jane* fue teatro de una devastación y de un desorden sin ejemplo. Hendieron el puente y lo arrancaron; los aparejos, las cuerdas, las velas, todo cayó, como por magia; empujado por la popa y remolcado por las canoas, después fue encallado en la playa y puesto al cuidado de Too-Wit, que durante la batalla, como un general consumado, se había mantenido en su puesto de observación en medio de las colinas, pero que, viendo tan completa victoria, acudió con su estado mayor velludo a recoger su parte de botín.

La idea de Too-Wit nos permitió dejar nuestro escondite y practicar un reconocimiento en la colina inmediata a la quebrada. A unas cincuenta yardas de la entrada vimos un manantial en el que apagamos la sed que nos abrasaba, y no lejos de él, algunos avellanos como los de que ya he hablado. Probando las avellanas, las hallamos parecidas por su sabor a las ordinarias de Inglaterra. Llenamos de ellas los sombreros, las dejamos en la quebrada y volvimos a recoger más. Durante nuestra tarea, vino a alarmarnos un ruido entre las breñas, e íbamos ya a escondernos, cuando se levantó lenta y pesadamente de los arbustos un gran pajarraco negro, parecido al avestruz. Yo estaba tan sorprendido que no sabía qué hacer, pero Peters tuvo bastante serenidad para correr hacia el ave antes de que pudiera escaparse y cogerla por el cuello. El animal luchaba con todas sus fuerzas y lanzaba tales gritos que ya tratábamos de soltarle, temiendo que con ellos alarmara a los salvajes que tal vez había aún emboscados en los alrededores. Al fin un buen navajazo acabó con él y le arrastramos a la quebrada, contentos de haber dado con esta provisión bastante para una semana.

Salimos de nuevo para mirar en torno nuestro y nos aventuramos hasta una distancia considerable en la pendiente sur de la montaña; pero no encontramos más provisiones. Recogimos una buena cantidad de leña seca y nos volvimos, viendo una o dos cuadrillas de naturales que se dirigían a su pueblo cargados con el botín del buque, y que al pasar al pie de la colina podían descubrirnos fácilmente.

Nos ocupamos en seguida en hacer lo más seguro posible nuestro retiro y con este objeto colocamos unas zarzas en la abertura por la cual habíamos visto un espacio de cielo azul, cuando al subir del abismo llegamos a la plataforma. Dejamos un pequeño orificio para poder ver la bahía, sin correr riesgo de ser descubiertos, y terminada esta tarea, nos felicitamos de la seguridad de nuestra posición, porque mientras no saliéramos a la colina y permaneciéramos en la quebrada, estábamos al abrigo de toda observación.

No vimos señal alguna que indicara que los salvajes hubiesen entrado alguna vez en aquel agujero; pero cuando reflexionamos que la hendidura por la que habíamos llegado a él había sido ocasionada recientemente y según todas las probabilidades por la caída de la vertiente opuesta, y que no podíamos descubrir ninguna otra vía para llegar a aquel punto, temblamos viendo que nos era absolutamente imposible bajar. En esto determinamos explorar enteramente la colina hasta que se nos ofreciera una buena ocasión, vigilando sin embargo por el orificio todos los movimientos de los salvajes.

Estos habían devastado ya enteramente el buque y se preparaban a pegarle fuego. Al poco rato, vimos levantarse el humo en densos torbellinos por entre la escotilla mayor, y luego salió del castillo de proa una espesa masa de llamas. Los aparejos, los mástiles y lo que quedaba de las velas ardieron en seguida, y el incendio se propagó rápidamente a toda la cubierta. A bordo seguía una multitud de salvajes arrancando con piedras, hachas y balas de cañón los pernos, herrajes y las planchas de cobre. En la costa, las canoas y las balsas había entre todos unos diez mil insulares, sin contar las cuadrillas de los que ya se habían vuelto al interior o a las islas vecinas cargados de botín.

Entonces creímos que iba a tener lugar una catástrofe y no nos equivocamos. Como primer síntoma, se dejó sentir una fuerte sacudida, semejante a una descarga de la pila voltaica, pero sin señales subsiguientes de explosión. Los salvajes quedaron atónitos e interrumpieron por un momento su tarea y sus gritos: luego el entrepuente vomitó una masa súbita de humo parecida a una pesada y tenebrosa nube eléctrica; después, como saliendo de sus entrañas, levantóse una larga columna de fuego brillante a la altura como de un cuarto de milla; en seguida se observó una repentina expansión circular de la llama, toda la atmósfera fue acribillada en un instante por un espantoso caos de madera, de metal y de miembros humanos, y por último se produjo la sacudida suprema en toda su furia, derribándonos impetuosamente, mientras las colinas repetían los ecos multiplicados de aquel trueno y una lluvia espesa de fragmentos imperceptibles caía por todos lados a nuestro alrededor.

Los insulares recogieron en abundancia los frutos de su traición; el estrago entre ellos superó todas nuestras esperanzas. Unos mil hombres fueron víctimas de la explosión, y otros mil quedaron horriblemente mutilados. Toda la superficie de la bahía y de la playa estaba cubierta de aquellos miserables luchando y ahogándose. Los insulares estaban aterrorizados por aquella rápida e inesperada destrucción y no hacían esfuerzo alguno para socorrerse mutuamente. Luego observamos un cambio total en su conducta: de un estupor completo, pasaron de pronto al apogeo de la excitación; precipitáronse aquí y allá en desorden, corriendo hacia un punto determinado de la bahía y huyendo en seguida con las más extrañas expresiones de rabia, de terror y de ardiente curiosidad pintadas en sus semblantes, y vociferando con toda la fuerza de sus pulmones: «¡Tekeli-li! ¡Tekeli-li!»

Una gran multitud se retiró a las colinas de

donde volvieron a salir poco después provistos de estacas, y las llevaron al punto donde el grupo era más compacto, abriéndose éste como para revelarnos el motivo de tan grande agitación. Entonces vimos una cosa blanca en el suelo, y a poco observamos que era el cuerpo de aquel animal extraño de dientes y garras encarnados que la goleta había pescado el día 18 de enero. El capitán Guy lo había mandado conservar para embalsamarlo y llevarlo a Inglaterra, y a este fin, poco antes de llegar a la isla, lo habían bajado y encerrado en un cofre. La explosión acababa de arrojarlo a la costa; pero en vano tratábamos de descubrir la razón de por qué causaba semejante tumulto. Aun cuando los insulares se agrupaban alrededor del animal, ninguno de ellos quería acercarse del todo y se mantenían a una distancia respetuosa. Los hombres armados de estacas las clavaron en torno del cadáver y, terminada esta tarea, aquella multitud se precipitó hacia el interior de la isla vociferando: «¡Tekeli-li! ¡Tekeli-li!»

23. EL LABERINTO

Los seis o siete días siguientes nos mantuvimos en nuestro escondite de la colina, no saliendo sino de vez en cuando y siempre con la mayor cautela, para proveernos de agua y avellanas. Habíamos establecido en la plataforma una especie de tejadillo o cabaña amueblado con una cama de hojas secas y con tres grandes piedras que nos servían ya de chimenea, ya de mesa. Con poco trabajo obtuvimos fuego frotando uno contra otro dos trozos de madera. El ave que habíamos cogido tan oportunamente nos proporcionó un alimento exquisito, aunque un tanto correoso. No era un ave oceánica, sino una especie de avestruz de plumaje negro como el azabache, salpicado de gris, y de alas muy pequeñas relativamente a su tamaño. Más tarde vimos en las inmediaciones de la quebrada otros tres de la misma especie que al parecer iban buscando al que habíamos capturado; pero como no se posaron nunca, no pudimos apoderarnos de ellos.

Mientras duró el animal, fue soportable nuestra situación; pero una vez consumido, se hizo necesario buscar otras provisiones. Las avellanas no nos bastaban para aplacar el hambre, y nos producían crueles diarreas y fuertes dolores de cabeza, cuando las comíamos en abundancia. Habíamos visto algunas tortugas cerca de la costa al este de la colina, de las cuales nos era fácil apoderarnos, como pudiésemos llegar allí sin ser descubiertos por los indígenas, y resolvimos hacer una tentativa para conseguir nuestro objeto.

Observando que la pendiente sur presentaba pocas dificultades empezamos a bajar por ella; pero a las cien yardas nos vimos detenidos, como temíamos, por una encrucijada de la garganta donde habían perecido nuestros compañeros. Anduvimos a lo largo de aquella quebrada durante un cuarto de milla, a poca diferencia, y nos detuvo de nuevo un precipicio de profundidad inmensa, por cuyas paredes era imposible bajar, de modo que tuvimos que retroceder siguiendo la quebrada principal.

Echamos entonces a andar hacia el este y nos sucedió lo mismo. Después de una hora de camino y expuestos a perdernos, observamos que habíamos bajado a un vasto abismo de granito negro, cuyo fondo estaba cubierto de un polvo fino, y del cual no podíamos salir sino por el camino escabroso que habíamos seguido para bajar a él. Nos deslomamos de nuevo por aquella vía peligrosa y nos aventuramos hacia la cima norte de la montaña, donde tuvimos que obrar con las mayores precauciones, porque la más ligera imprudencia podía descubrirnos a los salvajes. Nos arrastramos por el suelo y por entre los arbustos durante algún tiempo, pasado el cual, llegamos a otro abismo, aún más profundo que los que acabábábamos de ver y que conducía directamente a la garganta principal. Quedaban confirmados nuestros temores; nos hallábamos completamente aislados y sin paso por donde llegar al terreno situado debajo de nosotros. Agotadas las fuerzas, volvimos con trabajo a la plataforma, y echándonos en la cama de hojas secas, dormimos durante algunas horas un sueño profundo y bienhechor.

Después de aquella pesquisa infructuosa, nos ocupamos por espacio de algunos días en explorar en todos sentidos la cumbre de la montaña para averiguar los recursos que podría ofrecernos. Vimos que era imposible encontrar en ella alimento alguno, salvo las perniciosas avellanas y una especie muy dura de coclearia que crecía en una pequeña extensión de terreno y que pronto hubimos consumido.

El 15 de febrero, si no me engaño, ya no quedaba vestigio alguno de aquella planta y las avellanas se iban haciendo raras, de modo que nuestra situación era cada vez más deplorable.

El 16 volvimos a recorrer los alrededores de nuestra prisión con la esperanza de encontrar salida; pero en vano. Bajamos de nuevo al agujero en que habíamos sido enterrados, con objeto de descubrir paso hacia la quebrada principal; pero no encontramos más que un fusil que recogimos.

El 17 salimos del escondite resueltos a visitar más detenidamente el abismo de granito negro a que habíamos bajado cuando nuestra primera expedición. Nos acordamos de que no habíamos examinado una de las grietas abiertas en las paredes y estábamos impacientes por explorarla, aun cuando no abrigábamos grandes esperanzas de descubrir una salida.

Con poco trabajo llegamos al fondo de aquella cavidad, y pudimos examinarla despacio. Era un lugar de los más singulares del mundo y no podíamos creer que fuese solamente obra de la naturaleza. El abismo tenía de este a oeste unas quinientas yardas, contando todas las sinuosidades que había de un extremo a otro; en línea recta tendría cuarenta o cincuenta yardas, según cálculos aproximados. Al principio de nuestro descenso, esto es, a unos cien pies de la cumbre de la colina, las paredes del abismo no se asemejaban sino muy poco y parecían no haber estado unidas nunca; una de ellas era de piedra de jabón, y la otra de marga granulada de cierta sustancia metálica. La anchura media o intervalo entre las dos paredes era de sesenta pies aproximadamente en varios puntos; pero en otros desaparecía toda regularidad de formación. Bajando más allá del límite indicado, la anchura se estrechaba rápidamente y las paredes empezaban a ser paralelas, aunque hasta cierta distancia fuesen diferentes por la materia y el aspecto de la superficie. Al llegar a unos cincuenta pies de fondo comenzaba la regularidad perfecta. Las paredes eran completamente uniformes, en cuanto a la sustancia, el color y la dirección lateral, siendo de granito muy negro y muy brillante, y de veinte yardas el intervalo entre ambos lados.

El fondo estaba cubierto con tres o cuatro pulgadas de un polvo casi impalpable, debajo del cual encontramos un pavimento de granito negro. La grieta que tratábamos de examinar estaba obstruida por una masa de espinos que arrancamos, y, después de apartar unos guijarros agudos, entramos por ella, animándonos una débil claridad que procedía del interior. Recorrimos penosamente un espacio como de treinta pies y descubrimos que la abertura era una bóveda baja de forma regular, con un fondo cubierto de polvo impalpable semejante al del abismo principal. La luz nos iluminó entonces vigorosamente; y doblando a un lado, nos encontramos en otra galería alta parecida en todo, menos en su forma longitudinal, a la que acabábamos de dejar. En este nuevo abismo descubrimos otra grieta como la primera, llena también de espinos y guijarros amarillentos, puntiagudos como flechas. Nos introdujimos por ella, y a una distancia de cuarenta pies aproximadamente vimos que desembocaba a un tercer abismo parecido exactamente al primero menos en la forma longitudinal. En una de sus paredes había una ancha abertura que profundizaba quince pies en la roca y terminaba en una capa de marga; más allá no había otro abismo.

Ibamos a dejar esta abertura en la que la luz penetraba apenas, cuando Peters me hizo observar una hilera de entalladuras extrañas abiertas en la superficie que cerraba el paso. Mediante un ligero esfuerzo de imaginación se habría tomado la entalladura de la izquierda por la imagen groseramente esculpida de un hombre en pie y con el brazo extendido. Las otras parecían caracteres alfabéticos y esta opinión fue la de Peters que la adoptó sin más examen. Yo le convencí de su error dirigiendo su atención hacia el suelo de la grieta de donde recogimos pedazo por pedazo los que a consecuencia de alguna convulsión habían saltado de la superficie en que aparecían las entalladuras y que conservaban todavía puntos salientes que se adaptaban exactamente a los huecos de la pared.

Después de habernos convencido de que aquellas cavidades no nos ofrecían ningún medio para salir de nuestra prisión, emprendimos de nuevo nuestro camino, abatidos y desesperados, hacia la cumbre de la colina.

Durante las veinticuatro horas siguientes no nos sucedió nada que merezca contarse. Diré, sin embargo, que en el tercer abismo descubrimos dos agujeros triangulares muy profundos, cuyas paredes eran también de granito negro. Creímos inútil bajar a ellos, porque no tenían salida y parecían pozos naturales.

24. ¡EVADIDOS!

El día 20 viendo que nos era absolutamente imposible vivir más tiempo comiendo avellanas, resolvimos hacer una tentativa desesperada para bajar a la falda meridional de la colina. Por aquel lado la pared del precipicio era de una especie de piedra de jabón muy blanda, pero casi perpendicular en toda su extensión y de ciento cincuenta pies de altura. Después de un detenido examen, vimos una peña saliente a veinte pies del borde del precipicio; Peters saltó encima ayudándole yo todo lo posible por medio de una cuerda que hicimos con nuestros pañuelos. Le seguí con alguna dificultad, y entonces observamos que era posible llegar al fondo valiéndonos del mismo medio que habíamos empleado para trepar de la huesa a la plataforma, esto es, haciendo escalones en la piedra con nuestros cuchillos. Se concibe apenas el gran peligro de la empresa; pero como no había otro recurso, nos decidimos a emplearlo. En la peña saliente se elevaban algunos avellanos; a uno de ellos sujetamos por un extremo la cuerda de pañuelos y agarrado del otro bajó Peters a lo largo del precipicio sostenido al mismo tiempo por mí. Luego abrió un agujero de ocho o diez pulgadas, quitando la piedra de la parte superior con objeto de clavar con la culata de una pistola una clavija suficientemente fuerte en la superficie. En seguida abrió otro agujero más arriba, y obtuvo así un punto de apoyo para los dos pies y las dos manos. Desaté entonces los pañuelos del arbusto y le eché el extremo superior que ató a la primera clavija; luego descendió otros tres pies y practicó otro agujero, clavando otra estaca. Después se levantó por sí solo para apoyarse en el agujero que acababa de abrir agarrándose a la clavija superior.

En aquel momento observó que había practicado los agujeros a demasiada distancia uno de otro y que no podía desatar la cuerda para sujetarla más abajo. Siendo inútiles y peligrosas sus tentativas por deshacer el nudo, resolvió cortar la cuerda, dejando un pedazo de seis pulgadas en la estaca. Atacando entonces la cuerda de nuevo, bajó otro escalón, procurando guardar la conveniente distancia entre ellos. Gracias a este medio, que nunca se me hubiera ocurrido, y que era tan arriesgado como ingenioso, mi compañero, ayudado alguna que otra vez de los puntos salientes de la pared, llegó sano y salvo al pie de la colina.

Necesité algún tiempo para reunir la energía necesaria para seguirle, hasta que al fin me atreví. Peters se había quitado la camisa antes de bajar, y, juntando a ella la mía, hizo una cuerda. Después de haber echado el fusil hallado en el abismo, sujeté aquélla a los arbustos y bajé rápidamente, tratando de desterrar mi horror con la viveza de mis movimientos.

Hasta los cuatro o cinco primeros escalones todo fue bien, pero pensando luego en la inmensa altura que aún tenía que recorrer, en lo frágil de las clavijas y en lo resbaladizo de los agujeros, por más que traté de mirar fijamente la pared, sentí que no podía sostenerme más. Sucedió a mis reflexiones la crisis de la imaginación, tan temible en casos de esta naturaleza, la crisis en que llamamos a nosotros las impresiones que deben hacernos caer, figurándonos el dolor de estómago, el vértigo, la resistencia suprema, el síncope y todo el horror de una caída perpendicular y precipitada. Yo veía entonces que estas imágenes se transformaban por sí mismas en realidades y que todos los horrores evocados pesaban sobre mí. Temblábanme las rodillas y mis manos soltaban la cuerda: zumbábanme los oídos y me decía: «Este es el frío de la muerte.» Sentí un deseo irresistible de mirar debajo de mí; no quería, no podía condenar mis ojos a no ver más que la pared, y por una emoción extraña, indefinible, de horror y de opresión, miré al abismo.

Por un instante mis dedos se agarraron convulsivamente a la cuerda, y como una leve sombra cruzó otra vez por mi mente la idea de salvarme; pero un momento después mi alma estaba poseída «de un inmenso deseo de caer». Era una ternura hacia el abismo, una pasión del todo invencible. Solté de repente la clavija, di media vuelta hacia la pared, y quedé vacilante un momento; luego se me desvaneció la cabeza, una voz engañosa y estridente gritó a mis oídos, una figura negruzca, diabólica, vaporosa, se levantó debajo de mí, exhalé un suspiro, faltáronme las fuerzas y me dejé caer en brazos del fantasma.

Me había desmayado y Peters me sostuvo al caer. Desde el pie de la colina había observado mis movimientos, y viendo el peligro en que me encontraba, trató de infundirme ánimo por todos los medios posibles; pero yo estaba tan turbado que no pude oir lo que me decía, ni siquiera creí que me hablase. Viéndome vacilar, acudió en mi auxilio, llegando a tiempo para sostenerme. Si hubiese caído a plomo, la cuerda se habría roto y yo hubiera ido a parar al abismo; pero gracias a Peters quedé suspendido y sin recibir daño hasta que me recobré del desmayo, que fue a los quince minutos. Entonces me sentí libre de terror, volviéronme las fuerzas y con ayuda de mi compañero llegué al fondo sano y salvo.

Nos hallamos a corta distancia de la quebrada donde habían perecido nuestros amigos y al sur del paraje en que la colina había caído. Este sitio presentaba un aspecto de devastación extraña que me recordó las descripciones que hacen los viajeros de los lúgubres lugares donde existió Babilonia. Prescindiendo de los escombros de la colina arrancada que formaban una barrera por la parte del norte, la superficie del suelo estaba sembrada de vastos montes de tierra que parecían despojos de algunas gigantescas construcciones artificiales; pero examinados detenidamente, era imposible descubrir señal alguna de arte. Grandes trozos de granito negro estaban confundidos con otros de marga también negra (en la isla no vimos ninguna sustancia de color claro), todos graneados de metal. En toda la extensión que abarcaba la vista, no se veía planta ni arbusto alguno, la desolación era completa. Vimos algunos escorpiones enormes y varios reptiles que no se encuentran en las altas latitudes.

Como el alimento era nuestro objeto principal, nos dirigimos a la costa situada a media milla, con la idea de coger algunas tortugas que habíamos visto desde nuestro escondite de la colina. Unos cien pasos llevábamos andados con la mayor cautela detrás de las rocas y de los montones de piedras, cuando al volver un recodo, se arrojaron sobre nosotros cinco salvajes salidos de una caverna inmediata y de un mazazo derribaron en tierra a Peters. Al verle caer, todos se echaron sobre él para asegurarle y me dejaron tiempo para volver de mi sorpresa. Yo llevaba el fusil, pero por efecto del golpe que recibiera al caer de la cima de la colina, estaba inservible, y preferí valerme de las pistolas que también llevaba y que se hallaban en buen estado. Me adelanté hacia los indígenas, y disparando mis armas, cayeron dos de ellos, y otro que iba a herir a Peters con su lanza, dio un salto y se detuvo. Libre ya mi compañero, aunque también llevaba dos pistolas, consideró prudente no hacer uso de ellas, y acudiendo a sus fuerzas hercúleas, se aporó del palo de uno de los salvajes, arremetió a los otros tres, y los mató a golpes, quedando por nosotros el campo de batalla.

Todo esto había pasado con tanta rapidez que apenas podíamos darlo por cierto, y estábamos junto a los cadáveres en una especie de contemplación estúpida, cuando nos hicieron volver en nuestro acuerdo unos gritos lejanos.

Era evidente que los disparos acababan de alarmar a los salvajes y que corríamos inminente peligro de ser descubiertos. Para ganar la montaña nos era preciso dirigirnos por el lado en que sonaban las voces, y aun cuando hubiéramos logrado llegar al pie, no hubiéramos podido subir sin ser vistos. Nuestra situación era muy peligrosa, y no sabíamos adónde dirigirnos, cuando uno de los salvajes a quienes yo había disparado y que creía muerto se levantó de un salto y trató de escaparse. Le detuvimos a algunos pasos, e íbamos a matarle, pero a Peters se le ocurrió que podría sernos de alguna utilidad, obligándole a que nos acompañara en nuestra fuga, y le arrastramos con nosotros dándole a entender que le mataríamos si hacía la menor resistencia. Al cabo de algunos minutos se hizo muy dócil y nos acompañó corriendo por entre las rocas en dirección a la costa.

Hasta allí las desigualdades del terreno nos habían ocultado el mar; y cuando lo vimos, estaba a una distancia de doscientas yardas. Al llegar a la bahía quedamos al descubierto, y vimos con espanto una multitud de indígenas que desde el pueblo y de todos los puntos de la isla venían corriendo hacia nosotros, gesticulando con furor y aullando como fieras. Ibamos ya a retroceder para buscar un asilo en las irregularidades del terreno, cuando observamos dos canoas medio escondidas detrás de una peña rodeada de agua. Echamos a correr hacia ellas, y al llegar vimos que estaban provistas de remos y ocupadas por tres tortugas enormes. Sin pérdida de tiempo tomamos posesión de una, y echando nuestro cautivo a bordo, bogamos con todas nuestras fuerzas.

A alguna distancia de la playa, más serenos ya, comprendimos que era una torpeza haber dejado la otra canoa en poder de los salvajes que seguían corriendo hacia la bahía. No había tiempo que perder. Nuestra esperanza tenía pocas probabilidades de éxito, pero no nos quedaba otra. Era dudoso que aun haciendo los mayores esfuerzos pudiésemos coger la canoa antes que los salvajes; pero si lo lográbamos, podíamos salvarnos, al paso que si no lo intentábamos, teníamos que resignarnos a una muerte inevitable.

Nuestra canoa tenía la proa igual a la popa, y en vez de virar, ciamos. Al observarlo los salvajes, redoblaron sus gritos y su correr; sin embargo, nosotros avanzábamos con toda la rapidez de la desesperación, y al llegar al punto disputado, sólo un insular nos había precedido. El indígena pagó cara su agilidad; Peters le descargó un pistoletazo en la cabeza. Los más inmediatos se hallaban a veinte o treinta pasos cuando nos apoderamos de la canoa. Al principio tratamos de ponerla a flote, pero viendo que estaba fuertemente encallada y no teniendo tiempo que perder. Peters con la culata del fusil le hizo varios agujeros. Entonces volvimos a remar, haciéndosenos preciso acudir a nuestros cuchillos para librarnos de dos insulares que se habían agarrado de la canoa y se empeñaban en no soltarla.

Sin temer ya la persecución, hicimos mar adentro, y oímos que al llegar los salvajes a la playa y al observar la canoa destrozada, lanzaron los más espantosos gritos de rabia y de desesperación. Según he podido conocer, aquellos miserables pertenecían a la raza más perversa, más hipócrita, más vengativa y más sanguinaria que jamás haya habitado en el globo. Era claro que no podíamos esperar misericordia de ellos si hubiésemos caído en sus manos. Hicieron una tentativa insensata para seguirnos con la canoa inutilizada; mas viendo que no podía servirles exhalaron nuevas exclamaciones y se volvieron precipitadamente a sus colinas.

Quedábamos libres de todo peligro inmediato; pero nuestra situación seguía siendo difícil. Sabíamos que cuatro canoas como la nuestra estaban en poder de los salvajes, e ignorábamos (más tarde lo supimos por el prisionero) que dos de ellas habían sido destrozadas por la explosión de la *Jane-Guy*. Calculamos, pues, que nuestros enemigos nos perseguirían luego de haber ido por las canoas que estaban a tres millas de distancia de la bahía. Con este temor, procuramos dejar atrás la isla y avanzamos rápidamente mar adentro, obligando al prisionero a manejar un remo.

Al cabo de media hora aproximadamente, cuando llevábamos cinco o seis millas de camino hacia el sur, vimos una inmensa flota de balsas que salían de la bahía, sin duda con objeto de perseguirnos; pero al poco rato se volvieron desesperando de alcanzarnos.

para llevarnos en las mismas que nos habían atrapado desde donde nos emprendían con el tarta.

Sin temer ya la persecución, hicimos más adentro, y al mismo tiempo que se fueron los salvajes a la playa para ... lanzaron los más espantosos gritos de rabia y de desesperación. Según he podido conocer, aquellos cautivos pertenecían a la tribu más perversa, más vengativa y más sanguinaria que jamás haya habitado en el globo. En efecto creo que podemos esperar misericordia de ellos si hubiéramos caído en sus manos. Hicieron una tentativa insensata para seguirnos con la canoa inutilizada, pero al ver que no podía servirles, dieron nuevas exclamaciones y se volvieron precipitadamente a sus cabañas.

Quedábamos libres de todo peligro inmediato, pero nuestra situación seguía siendo difícil. Sabíamos que cuatro canoas como la nuestra estaban en poder de los salvajes, e ignorábamos (más tarde lo supimos por el prisionero) que dos de ellas habían sido destrozadas por la explosión de la Jane Guy. Calculamos, pues, que nuestros enemigos nos perseguirían luego de haber ido por las canoas que estaban a tres millas de distancia de la bahía. Con este temor, procuramos alejarnos de la isla y avanzamos rápidamente hacia adelante, obligando al prisionero a manejar un remo.

Al cabo de media hora aproximadamente, cuando llevábamos cinco o seis millas de camino hacia el sur, vimos una inmensa flota de canoas que salían de la bahía, sin duda con objeto de perseguirnos; pero al poco rato se convencieron de que no podían alcanzarnos.

25. EL GIGANTE BLANCO

Nos encontramos entonces en el océano Antártico, inmenso y desolado, a una latitud de más de 84 grados, en una canoa frágil, sin otras provisiones que las tres tortugas. Considerábamos además que el largo invierno polar no estaba distante y que era indispensable pensar en el camino que deberíamos emprender. Teníamos a la vista seis o siete islas pertenecientes al mismo grupo, a una distancia de una a seis leguas entre sí, pero no nos decidimos a llegar a ninguna de ellas.

La *Jane-Guy*, viniendo del norte, había dejado gradualmente detrás las regiones más rigurosas de hielo, y aunque esto parezca un aserto desmentido por las nociones generalmente admitidas con respecto al océano Antártico, era un hecho que la experiencia no nos permitía negar. Dirigirnos, pues, hacia el norte habría sido una locura, particularmente en un período tan avanzado de la estación. Un solo camino parecía abierto a la esperanza, y nos decidimos a gobernar hacia el sur, donde tal vez descubriríamos otras islas de clima más benigno.

Hasta allí no habíamos encontrado tempestades ni grandes olas en el océano Antártico, ni en el Artico; pero nuestra canoa, aunque grande, era de pobre construcción y nos dispusimos a hacerla tan segura como permitían los medios limitados de que podíamos disponer. Su fondo era de corteza de un árbol desconocido y lo demás de mimbres muy fuertes y propios para el objeto. De la proa a la popa tenía cincuenta pies; de ancho unos seis, y unos cuatro y medio de profundidad. Estas canoas difieren por su forma de las de los habitantes del océano del sur con los cuales han podido mantener relaciones las naciones civilizadas. No podíamos creer que fuesen obra de los ignorantes insulares que las poseían, y algunos días después, haciendo preguntas a nuestro prisionero, averiguamos que habían sido construidas por los habitantes de un grupo de islas situadas al suroeste de donde los habíamos encontrado, y que habían caído accidentalmente en poder de nuestros bárbaros enemigos.

Poco era lo que podíamos hacer para la seguridad de la canoa. Cerca de los dos extremos vimos unas anchas grietas y las tapamos con pedazos de nuestras camisas de lana: con ayuda de los remos superfluos, que eran muchos, levantamos una especie de pared en la proa, con objeto de debilitar la fuerza de las olas que nos amenazaran por aquel lado. Levantamos también dos palos a modo de mástiles, uno a babor y otro a estribor, frente por frente; a ellos atamos una vela que hicimos de nuestras camisas, en cuya operación empleamos mucho tiempo, porque nos fue imposible conseguir que nos ayudase nuestro prisionero que no había rehusado tomar parte en los otros trabajos. La vista del lienzo le afectaba extraordinariamente; nunca pudimos decidirle a tocarlo ni a acercarse a él, y si tratábamos de forzarle a ello, se echaba a temblar, gritando con todas sus fuerzas «¡Tekeli-li!»

Terminadas estas operaciones, navegamos hacia el suroeste para doblar la isla del grupo situada más al sur. No podíamos de ninguna manera encontrar mal tiempo. Soplaba una suave brisa constantemente del norte, el mar era llano y el día permanente. No vimos hielos «ni los habíamos visto desde que salvamos el paralelo del islote Bennet». La temperatura del agua era muy caliente para que hubiera hielos.

Matamos la mayor de las tortugas, de las que sacamos no sólo carne, sino una buena provisión de agua, y proseguimos nuestro camino sin incidente notable, por espacio de siete u ocho días, según cálculos. Durante este tiempo, indudablemente avanzamos mucho hacia el sur, porque el viento fue siempre favorable y una impetuosa corriente nos llevó de continuo en la dirección que queríamos seguir.

1.º de marzo

Muchos fenómenos insólitos nos indicaron entonces que entrábamos en una región nueva y extraña. Una alta barrera de vapor gris y ligero aparecía constantemente en el horizonte sur, empenechado, de vez en cuando, de ráfagas luminosas que corrían ya del este al oeste, ya en sentido contrario, y luego volvían a unirse presentando una línea en la cumbre y produciendo todas las sorprendentes variaciones de la aurora boreal. La altura media de este vapor, tal como nos parecía desde el punto en que estábamos situados, era de unos veinticinco grados. La temperatura del mar parecía aumentar a cada instante y su color se alteraba muy visiblemente.

2 de marzo

Aquel día a fuerza de preguntar al indígena, supimos algunas noticias referentes a la isla teatro de la matanza, a sus habitantes y a sus usos. Ocho eran las islas que formaban el grupo; las gobernaba un solo rey llamado Tsalemon o Psalemoun, que residía en la más pequeña; las pieles negras, único traje de los guerreros, eran de unos animales enormes que no se encontraban más que en un valle cerca de la residencia real; los habitantes del grupo no construían otras embarcaciones que balsas de tablas o leños; las cuatro canoas las habían adquirido por acaso de una gran isla situada al suroeste; nuestro prisionero se llamaba Nu-Nu; no tenía noticia alguna del islote Bennet, y el nombre de la isla que acabábamos de dejar era Tsalal. El comienzo de las palabras «Tsalemon» y «Tsalal» se pronunciaba con un silbido prolongado que nos fue imposible imitar y que nos recordó por su exacta semejanza el grito del avestruz negro que nos habíamos comido en la cima de la colina.

3 de marzo

El calor del agua era muy notable y su color por efecto de una alteración rápida perdió muy pronto su transparencia y se volvió opaco y lechoso. Cerca de nosotros el mar seguía unido y sin amenazarnos con peligro alguno; pero nos tenía inquietos el ver a derecha e izquierda, a varias distancias, súbitas y vastas agitaciones en la superficie, precedidas, según después observamos, de extrañas oscilaciones en la región de vapor al sur.

4 de marzo

Con objeto de agrandar la vela, observando que el viento cesaba, saqué del bolsillo de mi paletó un pañuelo blanco. Nu-Nu estaba sentado junto a mí, y habiéndole dado el lienzo en la cara, atacáronle violentas convulsiones. Esta crisis fue seguida de postración, de estupor y de sus eternos «¡Tekeli-li! ¡Tekeli-li!» proferidos con voz sorda y entre suspiros.

5 de marzo

Nos faltó el viento; pero no por esto dejamos de avanzar hacia el sur bajo la influencia de una poderosa corriente. Era muy natural que el carácter que tomaba la aventura nos tuviese inquietos, pero nada de esto. Peters estaba tranquilo, aun cuando a veces había en su semblante una expresión misteriosa que no pude explicarme. El invierno polar se acercaba sin duda, pero sin su cortejo de terrores. Yo sentía un embotamiento de cuerpo y espíritu, una propensión al ensimismamiento; pero nada más.

6 de marzo

El vapor se había elevado muchos grados sobre el horizonte e iba perdiendo su color gris. El calor del agua era excesivo y su color más blanco que nunca. Aquel día se dejó sentir una fuerte agitación en el agua muy cerca de la canoa, acompañada, como de costumbre, de una extraña iluminación en la cima del vapor y de una separación momentánea en su base. Un polvo blanco muy fino semejante a la ceniza, pero que no lo era, cayó en la canoa y en una vasta extensión del mar, mientras se desvanecía la iluminación del vapor y se calmaba la agitación del mar. Nu-Nu se echó entonces de boca en el fondo de la canoa y nos fue imposible hacerle levantar.

7 de marzo

Preguntamos al salvaje los motivos que habían impulsado a sus compatriotas a cometer la traición de que habían sido víctimas nuestros camaradas; pero parecía dominado por un terror que le impedía contestarnos. Insistimos en nuestras preguntas a las que, siguiendo tendido en el fondo de la canoa, no respondía sino con gestos idiotas y levantando con el índice el labio superior, como para enseñarnos los dientes que eran negros. Hasta entonces no habíamos visto la dentadura de los habitantes de Tsalal.

8 de marzo

Pasó a nuestro lado uno de aquellos animales blancos cuya aparición en la bahía de la isla había producido tan grande conmoción entre los salvajes. Diéronme deseos de agarrarlo al paso; pero un olvido, una indolencia inexplicable se apoderaron de mí y no pensé más en ello. El calor del agua seguía en aumento y la mano no podía resistirlo. Peters habló poco y yo no sabía qué pensar de su apatía. Nu-Nu no cesaba de suspirar.

9 de marzo

La sustancia cenizosa llovía constantemente y en enorme cantidad a nuestro alrededor. La barrera de vapor se levantaba a una altura prodigiosa sobre el horizonte que empezaba a tomar formas determinadas. No puedo compararla sino a una catarata sin límites, cayendo silenciosamente al mar desde una inmensa altura perdida en el cielo. La colosal cortina ocupaba toda la extensión del horizonte sur, sin producir ruido alguno.

21 de marzo

Estábamos rodeados de tinieblas, y de las blancas profundidades del océano salía un resplandor que brillaba en los flancos de la canoa. La lluvia blanca seguía cayendo sobre nosotros y se derretía en el agua; la cima de la catarata se perdía en la oscuridad y en el espacio. Nuestro bote corría hacia ella con espantosa velocidad. Por intervalos abríanse vastas hendiduras en el vapor, pero se cerraban en seguida y por entre ellas se veía un caos de imágenes flotantes e indeterminadas y se precipitaban fuertes corrientes de aire silenciosas que avivaban el océano inflamado.

22 de marzo

Las tinieblas eran más densas y nos iluminaba únicamente la claridad de las aguas en las que se reflejaba la blanca cortina extendida delante de nosotros. Una multitud de aves gigantescas, de una blancura lívida, volaban detrás del singular velo, y huían al vernos, gritando «¡Tekeli-li!» Observamos que Nu-Nu se movía en el fondo de la canoa; pero al tocarle, vimos que había muerto. Y entonces nos precipitamos en las entrañas de la catarata, donde se abrió una sima como para recibirnos. Pero he aquí que en nuestro camino se alzó una figura humana, velada, de proporciones mucho mayores que las de ningún habitante de la tierra. Y el color de la piel de aquel hombre era más blanco que la nieve.

... ...

26. CONJETURAS

Los detalles relativos a la reciente muerte de Mr. Pym, tan repentina como deplorable, son conocidos ya del público, gracias a los periódicos. Se teme que los capítulos que debían completar esta historia y que tenía en su poder mientras estaban en prensa los que acabamos de publicar, se han perdido a consecuencia de la catástrofe de que él ha sido víctima. Si así no ha sucedido y el manuscrito se encuentra, se publicará en seguida.

Se ha tratado de remediar esta falta; pero Peters, al cual podríamos acudir para proporcionarnos noticias, reside en Illinois y no podemos ahora dar cuenta de lo que por su conducto tal vez sepamos más tarde.

La pérdida de los dos o tres últimos capítulos, únicos que faltaban, es tanto más sensible, cuanto contenían importantes datos relativos al Polo o a las regiones inmediatas a él y podían ser confirmados o desmentidos por las expediciones que se hiciesen al océano Antártico.

Hay un punto de la relación sobre el cual pueden hacerse algunas observaciones, y el autor de este apéndice tendrá el mayor gusto en que las suyas consigan algún crédito para las sorprendentes páginas que acaban de leerse. Nos referimos a las muescas descubiertas en la isla de Tsalal y a las entalladuras que Peters tomó por caracteres, de los cuales se habla en el capítulo XXIII. Mr. Pym dibujó en su cartera la forma de dichas muescas y sentó definitivamente que las entalladuras no eran caracteres; sin embargo, puestos uno al lado de otro los dibujos de aquéllos constituyen una palabra radial etíope que significa «ser tenebroso», de la cual se derivan todos los relativos a la oscuridad y a la sombra.

Mr. Pym dibujó también las entalladuras en su cartera, y creyó que no eran caracteres; pero nosotros opinamos como Peters y las reputamos obra de arte, después de un detenido examen del dibujo. Las primeras líneas representan la imagen de un hombre con el brazo extendido hacia el sur; las que siguen forman una palabra radical árabe que significa «ser blanco», de la que se derivan todas las referentes a la luz y a la blancura. Los demás caracteres están un tanto rotos, pero componen una palabra egipcia que significa «La Región del Sur».

Estas deducciones abren vasto campo a la meditación y al estudio, mayormente si se tienen en cuenta algunos incidentes de esta historia referidos como de paso. «¡Tekeli-li!» era el grito de los naturales de Tsalal atemorizados delante del cadáver del animal «blanco» recogido en el mar. «¡Tekeli-li!» era también la exclamación de terror del salvaje cautivo al ver las camisas y el pañuelo «blanco», y el grito de las aves gigantescas «blancas» que salían de la cortina «blanca» de vapor extendida sobre el horizonte. En la isla de Tsalal no se encontró ningún objeto «blanco», y en el viaje subsiguiente hacia la región ulterior nada que no lo fuese. No sería imposible que

Tsalal, nombre de la isla donde fondeó la *Jane-Guy* por última vez, sometido a un minucioso análisis filológico, revelase algún parentesco con los abismos alfabéticos o alguna relación con los caracteres etíopes tan misteriosamente grabados en sus sinuosidades.

«Esto he escrito en la montaña, y revela mi venganza el polvo de las peñas.»

INDICE

Este libro se terminó de
imprimir en los talleres
de Printer, industria gráfica sa,
de Sant Vicenç dels Horts,
el día 10 de agosto
de 1982